솔라의 정원

솔라의 정원

김혜정 장편소설

미래인

차례

프롤로그 • 7

풍경들 • 9

숨기 좋은 방 • 33

알바트로스 • 53

존재의 이유 • 71

케렌시아 • 115

지켜진 아이 • 157

춤추는 별 • 177

작별 • 217

그후 • 241

에필로그 • 250

작가의 말 • 253

프롤로그

열다섯 살 내 딸이 돌아올 수 없는 길을 떠나고, 내가 숨을 쉬고 있다는 게 믿기지 않았다. 더 살아갈 힘도 용기도 없었다. 장례를 치른 뒤 딸을 뒤따라갈 생각으로 며칠을 겨우 버텼다.

그런데 기적 같은 일이 일어났다. 딸의 장례를 치르고 온 날 집 앞에 갓난아이가 찾아왔다.

눈이 마주친 순간, 아이가 방긋 웃었다. 내 심장이 빠르게 뛰었다. 두고 간 사람을 찾으려고 주변을 둘러보았다. 아무도 보이지 않고, 초저녁 달빛을 받은 목련이 화사하게 웃고 있었다. 아이를 안고 집으로 들어왔다. 다시 눈이 마주치는 순간, 아이의 눈 속으로 빨려 들어갔다. 아이의 숨이 내 숨과 하나가 되는 것을 느꼈다. 가슴이 두방망이질 치고 하염없이 눈물이 쏟아졌다. 아이의 손을 내 뺨에 대자 아이가 다시 방긋방긋 웃었다. 아이의 엄마가 쓴 편지를 발견한 것은 아이를 침대에 뉜 뒤였다.

'이 아이는 제 목숨보다 소중한 아이입니다…….'

나의 삶, 나의 꿈, 희야! 희야가 몸을 뒤집고, 옹알이를 시작하고, 걸음마를 떼고…… 내게 엄마, 하고 불렀던 첫 순간들이 떠오른다. 그 애 엄마가 누려야 할 행복이었다. 한순간 잘못된 판단으로 그 애 엄마에게도 희야에게도 돌이킬 수 없는 죄를 지었다.

이제 서서히 기억이 희미해져 가고 있다. 불길 속에서 무참히 스러져 간 딸의 얼굴이 떠오른다. 그 애가 내게 희야를 보낸 것이다.

풍경 들

내 이름은 희아, 기쁜 아이라는 뜻이다. 보통 희야라고 부른다. 할머니는 내 이름을 부를 때마다 기쁜 일이 일어나라고 마법을 걸었다. 할머니의 바람대로 나는 늘 기쁜 일을 일으키고, 기쁜 일을 맞을 준비가 되어 있다. 게다가 인생이라는 나무에 막 움이 트기 시작하는 나이, 열다섯 살이다.

*

오늘도 빗방울보다 빗소리가 더 빨리 당도했다. 눈을 감은 채 귀를 기울였다. 세상에 빗소리만 한 음악이 있을까. 나는 빗소리를 들으려고 세상에 온 것은 아닐까, 하는 생각이 들기도 했다.

그렇지 않고서야 이렇듯 빗소리가 좋을 수는 없지 않을까. 빗소리를 들으면서 달콤한 게으름의 맛을 즐기고 싶었다. 눈을 감은 채 빗소리에 따라 숨을 들이쉬었다 내쉬었다. 문득 할머니가 외출하는 날이라는 게 떠올랐다. 벌떡 일어나 거실로 나갔다.
"희야, 웬일이니? 비 와서 늦게 일어날 줄 알았는데."
"할머니 배웅하려고."
일부러 배웅이라는 단어에 힘을 주었다.
"배웅은 무슨 배웅이야? 먼 데 가는 것도 아닌데."
어디 가는데? 목구멍까지 올라온 말을 삼켰다. 할머니의 대답을 들을 수 없다는 걸 알기 때문이었다. 전에는 어딜 가면 간다, 말하고 나갔는데 최근 들어 2주일에 한 번 같은 시간에 하는 외출에 대해서는 말해 주지 않았다.
무슨 일인지 동화와 아진, 혜림과 가영도 보이지 않았다.
"애들은 다 어디 갔어?"
"아진이는 어제 밤늦게 엄마가 집에 데려갔고, 동화는 미술학원, 혜림이랑 가영이는 친구 만나서 숙제한다고 나갔어."
방학이고 비까지 오는데 그렇게 부지런히 움직이다니. 상대적으로 나는 더 게으르게 느껴졌다. 아니, 실제로 게을렀다. 그렇다고 뭐라 하는 사람은 없었다. 할머니도 그런 것은 개의치 않았다. 자기 행동에 책임지면 된다는 것이 철학이자 교육 방식이었다.
나는 누구를 닮아 이렇게 게으를까. 내가 누구를 닮았는지 알 길이 없었다. 닮을 누군가가 있다는 것은, 그걸 안다는 것은 어떤 기분일까. 이런 생각을 하다 보면 기분이 가라앉았다. 생각하지 말아야지. 지금 중요한 것은 할머니까지 외출하고 나면 집에 나 혼자 남는다는 거였다. 뭐, 오늘처럼 비가 오는 날은 고독을 씹는 것도 괜찮겠지. 고독, 고독, 하고 내뱉으면 고독은 정말 씹어야 할 것 같은 느낌이 들었다.
"고독이나 씹어야겠네."
"넌 어린애가 맨날 고독이냐?"
고(孤)는 어려서 부모를 잃은 사람이고 독(獨)은 늙어서 자식이 없는 사람이라고 했다. 할머니와 내가 하나로 뭉치면 고독이 되는 셈이었다. 그 뜻을 알고부터 고독이라는 단어가 할머니와 나를 이어 주는 끈으로 다가왔다.
"할머니랑 나랑 엮이면 어쩔 수 없는 고독이잖아."
"또 그 소리. 고독 씹을 시간 있으면 밥이나 꼭꼭 씹어 먹어."
고독과 소화불량 사이에는 어떤 상관관계가 있는 걸까. 기분이 가라앉거나 머릿속에서 지진이 날 때면 체하기 일쑤였다. 할머니도 소화가 안 된다며 음식을 조금씩 먹었다. 나와 다른 점은 간헐적 단식을 한다는 것이다. 요즘은 더 심해졌는지 화장실에서 끅끅 토하는 소리가 자주 들렸다.
할머니는 몸에 달라붙는 티셔츠에 청바지를 입고 모자를 쓴 채 대문을 나섰다. 얼마 전부터 패션의 완성은 모자라며 외출할 때 모자를 쓰더니 집에서도 두건을 쓰고 있었다. 쭉쭉 뻗은 팔다리에 풍만한 가슴, 납작 배에 탄력 있는 엉덩이. 군살 없는 근육질의 몸매는 얼굴만 가리면 40대 혹은 50대로 보일 정도였다. 젊었을 때부터 요가와 필라테스를 꾸준히 해 온 결과라고 했다. 3년 전 여름, 30년간 몸담았던 교직에서 은퇴한 뒤부터는 인생 2막의 시작이라나, 시니어 모델 과정에 헬스와 춤, 등산까지 과하다 싶을 정도로 몸을 단련하는 데 시간을 쏟아부었다. 뭐, 할머니도 여자인데 관리하는 게 나쁠 건 없었다. 게다가 요즘은 시니어들의 전성시대가 아닌가. 그래도 환갑이 지난 나이에 저런 차림을 하고 다니는 여자는 할머니밖에 없을 것이다.

"남사스럽게 목에 문신이 다 뭐야? 이름도 솔라래. 자기가 무슨 연예인인 줄 아나?"

"그래도 남의 애들 데려다가 키우는 게 쉬운 일은 아니지. 점심이나 한번 먹자고 해 볼까?"

"비건이라던데? 있잖아, 고기 안 먹는 사람 말이야."

"유난 떨긴, 아무거나 먹으면 되지. 없어서 못 먹는 사람도 있는데."

맛집을 찾아 삼삼오오 몰려다니는 동네 할머니들이 수군거렸다. 그녀들은 할머니가 부러운 것이다. 부러우면 지는 건데. 할머니는 남들이 무슨 말을 해도 개의치 않았다. 나도 할머니가 욕쟁이인 것보다는 멋쟁이인 게 나았다. 그래도 요즘 들어 할머니가 외모에 부쩍 신경 쓰는 것은 거슬렸다. 밤이면 보습 크림을, 외출할 때는 출근할 때도 안 바르던 립스틱까지 발랐다. 그런데 그동안 배워 오던 그림과 춤, 운동을 다 그만두고 혼자 보내는 시간이 많았다. 제자들의 편지를 꺼내 보고, 컴퓨터 앞에 앉아 뭔가를 끄적이다가 멍하니 있곤 했다. 어떤 날은 종일 말없이 꽃과 나무에 물을 주고 잡초를 뽑았다. 무엇보다 모두가 잠든 밤에 첼로 연주곡 〈자클린의 눈물〉을 들으며 소주를 홀짝거리고 눈물을 훔쳤다. 그런 뒤 어딘가에 다녀오기도 했다. 할머니에게 비밀이 생긴 게 분명했다.

다른 때 같았으면 대문 앞에 서서 우리 집 쪽을 기웃거리고 있을 유노가 보이지 않았다. 유노는 할머니가 외출하는 시간을 잘도 알았다. 제 말로는 우연이라는데, 사실인지 알 수 없었다.

유노는 나와 같은 학년이고 옆 반이었다. 2년 전에 우리 집과 3미터 거리의 도로 건너편으로 이사를 왔다. 처음 한 달 정도는 보고도 못 본 척했다. 자주 마주치다 보니 자연스레 말을 하게 되었고, 언젠가부터는 고민을 나누기도 했다. 유노의 부모님은 늘 웃음을 띤 채 상냥한 목소리로 인사를 건넸다. 희야, 오늘도 좋은 하루! 그분들은 유노와 함께 자전거를 타고, 유노의 어깨를 감싸고 걸었다. 부모님의 사랑을 듬뿍 받고 사는 아이답게 유노는 다정하고 친절했다. 무엇보다 내가 왜 부모님과 살지 않고 그룹홈에서 사는지 묻지 않았다. 다른 사람의 약점을 건드리지 않는 것은 쉬운 일이 아니었다. 열다섯 살에는.

우리는 만나면 주로 집 뒤에 있는 원미산에 올랐다. 늦여름에는 잠자리를 잡기도 했다. 어느 날 유노가 표본한 잠자리를 보여주며 으쓱했다. 그거 곤충 학대야. 내가 한마디 쏘아붙인 뒤로 딱 그쳤다. 희야, 네 말이 맞아. 네가 싫어하는 건 안 하려고. 그럴 때는 나를 좋아하는 것 같다가도 어느 때는 내게 전혀 관심이 없어 보였다. 도무지 속을 알 수 없는 애였다.

유노도 비가 오면 느릿느릿 움직이거나, 움직이고 싶지 않은지 모른다. 나는 유노를 기다리다 말고 대문 안으로 들어왔다.

화단에서 비를 맞아 함초롬한 꽃들이 나를 반겨 주었다. 꽃이 다 피려면 멀었는데, 서둘러 핀 능소화 한 송이가 비에 젖어 툭 떨어졌다. 담장 아래 쌓인 꽃잎들이 할머니 말대로 무덤 같았다. 꽃무덤이 참 이쁘지? 꽃무덤? 꽃들은 져서 스스로 무덤이 된단다. 그 말을 하는 할머니는 시인 같았다.

고양이 죵이가 꽃무덤 위로 달려갔다. 죵이는 화단에서 노는 것을 좋아했다. 그중에서도 능소화 꽃무덤에서. 꽃이 다 지고, 무덤마저 사라진 뒤에도 죵이는 그곳을 기억하고 찾았다. 할머니가 죵이 엄마를 거기에 묻어 주었다는 것을 알고 있는 듯했다. 죵이는 그곳에 옹송그리고 앉아 친구들을 불러들이기도 했다. 강아지 깡이도 쪼르르 달려왔다. 둘은 잘 지내다가도 누가 보이기만 하면 으르렁거렸다. 지금도 곧 다툴 눈빛이었다. 사랑을 더 많이 받고 싶어서 그러는 거였다. 사랑받고 싶은 마음은 사람과 동물이 다르지 않았다. 우리 집의 귀염둥이이자 마스코트인 둘이 없는 화단은 상상할 수가 없었다.

어머나, 이 집 화단 좀 봐. 어쩜 이렇게 잘 가꾸었을까. 길을 가던 사람들이 우리 집 앞에서 멈춰 서곤 했다. 담장이 낮아 대문

밖에서도 화단이 한눈에 들어왔다. 100평쯤 되는 땅의 3분의 2를 차지하고 있었다. 봄이면 화사하게 꽃을 피우는 목련, 가지 끝에 흰색 작은 꽃들이 무수히 달리는 하수오, 그 옆으로 쟁반 모양의 반송, 가을이면 노란 열매가 달리는 모과나무, 연두색 작은 꽃잎의 왕보리수나무, 붉은 꽃이 백 일이나 핀다는 백일홍, 꽃 깊숙이 꿀을 감춰 두고 벌을 부르는 봉선화, 귀엽고 앙증맞은 봄까치꽃, 붉은 꽃은 화려하지만 슬퍼 보이고 한곳에 모여 있어야 빛나는 꽃무릇…… 계절에 따라 피고 지는 꽃과 나무들을 찾아 벌, 나비와 새가 날아오고 벌레들이 모여들었다. 길 잃은 개와 고양이도 찾아왔다.

할머니는 우리 집에 찾아온 손님들이 배고프면 안 된다고 늘 먹을 것을 준비해 두었다. 개와 고양이, 새와 벌, 나비, 벌레들에게 손님이라고 말하는 사람이 할머니 말고 또 누가 있을까. 우리 집에는 할머니가 아니었다면 찾아오지 않았거나 찾아오지 못했을 손님들이 또 있었다. 아진과 동화, 혜림과 가영이 그들이었다. 아진과 동화는 중1, 혜림과 가영은 초등학교 6학년으로 나와 한두 살 차이였다. 나는 우리가 하나의 풍경으로 살아가고 있다는 생각이 들었다. 할머니가 가꾸고 보살피는 정원의 풍경 말이다.

내가 초등학교에 입학했을 때 할머니는 이름을 바꾸었다. 솔라. 개명 통지서를 받은 날, 목에 불타는 해 모양의 타투를 하고 들어왔다. 나는 오늘부터 이솔라로 살 거야. 무슨 선언이라도 하듯 말했다. 다음 날부터 하나둘 아이들을 데려왔다. 엄마 아빠가 없거나 엄마만 있고 아빠가 없는 아이, 엄마는 없고 아빠만 있는 아이, 혹은 부모님이 있어도 보살핌을 받을 수 없는 아이들이었다. 얼마 전까지 우리 집 대문에는 '작은 울타리'라는 팻말이 걸려 있었다. 어느 날인가 할머니는 팻말을 떼고 우리 집 주소를 적은 우체통을 걸어 두었다.

할머니가 돈을 벌기 위해 아이들을 보살핀다고 말하는 사람도 있었다. 그것은 사실이 아니었다. 할머니는 교사로 재직하는 동안에는 시설장 등록도 하지 않다가 은퇴한 다음에야 했다. 그때부터 기관에서 보조금이 나왔다. 하지만 우리 집을 운영하는 데는 턱없이 적은 액수라서 젊었을 때부터 저축해 둔 돈을 나와 아이들에게 쓰고 있었다.

지금까지 우리 집을 거쳐 간 아이들은 열세 명이었다. 몇 년씩 살다 간 아이들도 있지만 한두 달, 혹은 더 짧은 기간을 머물다 가기도 했다. 새로운 가족이 생기거나 가족이 와서 데려가는 경우였다. 어쩔 수 없이 다른 시설로 가는 아이들도 있었다. 독립할 나이가 되어 떠나기도 했다. 셜리와 해영, 선미⋯⋯ 그 언니들은 소식을 전하고 이따금 찾아오기도 했다. 요즘은 사느라 바쁜지 연락이 뜸했다. 아진과 동화, 가영과 혜림도 언제 떠날지 모른다.

그 애들에게는 각기 다른 아픔이 있지만, 나보다 나아 보였다. 엄마나 아빠의 얼굴을 본 적이 있으니까. 그 애들과 내가 다른 점은 처음부터 할머니와 살았다는 것이다.

초등학교 5학년 봄까지만 해도 나는 할머니가 엄마인 줄 알았다. 다른 엄마들보다 나이가 많을 뿐, 문제는 없었다. 할머니는 나를 위해 뭐든 다 해 주었고, 나는 할머니가 세상에서 나를 가장 사랑한다고 믿었다. 나도 할머니를 사랑했고 우리는 서로에게 둘도 없는 존재라고 여겼다. 엄마와 딸은 그런 거라고. 다만, 외모는 닮은 데가 없었다. 키가 크고 팔다리가 긴 할머니와 달리 나는 키가 작고 팔다리도 짧았다. 할머니는 얼굴이 갸름하고 이목구비의 균형이 잡혔는데 나는 너부데데한 얼굴에 눈은 작고 코는 납작한 데다 귀는 지나치게 컸다. 아무렇게나 반죽해도 이렇게 나오기는 어려울 거였다. 나 다리 밑에서 주워 왔어? 어렸을 때 농담으로 물은 적이 있었다. 너는 여기서 왔어, 하고 할머니는 손으로 가슴을 가리켰다. 나는 아빠를 닮았겠지, 했다. 아빠가 없는 게 궁금했지만, 물어보지 않았다. 남편 없이 아이를 키우는 여자들은 얼마든지 있으니까. 할머니가 말하지 않는 데는 그만한 이유가 있을 거라고 생각했다.

그런데 햇살이 유난히 반짝이던 어느 날, 할머니와 오래전부터 가깝게 지내 온 후배 동료가 집에 놀러 왔다. 할머니 방 앞을 지나다가 우연히 두 사람의 대화를 엿들었다. 희야가 제 엄마를 쏙 빼닮았네요. 얼굴도 그렇고 하는 행동도 그렇고요. 예, 닮아도 어떻게 그렇게 닮을 수가 있는지. 희야를 보고 있으면 꼭……. 그녀가 돌아간 뒤 무슨 생각에서인지 할머니가 나를 불러 앉혔다. 희야, 잘 들어라. 언젠가는 말해 주려고 했던 거야. 언제가 좋을지 몰라 고민하다가 오늘까지 왔네……. 너는 내 딸이야. 하지만 내가 너를 낳은 건 아니야. 그게 무슨 말이야? 네가 이 사실을 알았다고 해서 달라질 것은 없어. 너는 처음부터 내 딸이었고 지금도, 앞으로도 내 딸이니까. 나는 머릿속이 하얘졌다. 그럼 내 엄마는 누구야? 어디 있어? 할머니는 고개를 저을 뿐, 끝내 말해 주지 않았다. 그날 이후 할머니를 엄마라고 부를 수 없었다. 선생님이라고 부를까요? 다른 아이들처럼 할머니라고 부를까요? 비아냥대며 물었다. 너 편한 대로 해. 그런 뒤에도 한동안 호칭을 쓰지 않다가 1년 전부터 꼭 필요할 때만 할머니라고 불렀다. 호칭이라는 게 참 이상했다. 할머니라고 부를 때와 그러지 않을 때의 느낌과 거리감이 달랐다. 나는 그런 식으로 할머니에게 소심한 반항을 해 왔다. 중학교에 올라와서는 가족관계증명서를 떼어 보려고 주민센터 앞까지 갔다가 돌아온 적도 몇 번 있었다. 막상 부모님 이름을 보게 될까 봐 겁이 났다.

　3년 넘게 그 일로 속을 끓였는데 이제는 확인해 봐도 되지 않을까. 나는 벌써 열다섯 살이고, 마음의 준비도 할 만큼 했으니까.

　그래, 희야, 한번 해 봐. 내 안의 내가 말했다.

　"희야!"

　담장 밖에서 유노가 부르는 소리가 들렸다. 나는 기다렸으면서 아닌 척 시치미 떼었다. 대꾸하지 않자 유노가 다가와 다시 나를 불렀다.

　"어, 왜?"

"그냥. 아니, 비 온다고. 너, 비 오는 거 좋아하잖아."
"어. 너도 좋다며? 비."
"그거야 네가 좋아하니까."
얘가 또 왜 이러지? 처음에는 눈도 잘 맞추지 못하더니 점점 능청스러워졌다. 나는 무슨 말을 해야 할지 몰라 하늘을 올려다보면서 딴청을 부렸다.
"솔라 할머니 멋지게 차려입고 나가시던데, 남친 만나러 가시는 건가?"
남친 소리에 귀가 번쩍 열렸다.
"너 지금 뭐라 그랬어? 남친?"
"한 달쯤 됐는데, 저녁때 엄마랑 공원에서 자전거 타다가 솔라 할머니랑 어떤 분이랑 산책하시는 거 봤어. 멀리서 얼핏 봤는데 그분도 솔라 할머니처럼 멋있었어."
머릿속에서 지진이 일어났다.
"우리 할머니가 확실해?"
"설마 내가 솔라 할머니를 못 알아보겠냐? 두 분 잘 어울리던데."
내 기분은 엉망진창인데 유노는 싱글벙글이었다.
"어울리긴 누가 어울린다고 그래? 우리 할머니 눈 높아."
"너도 봤으면 나처럼 느꼈을걸?"
"그 나이에 남친은 무슨 남친이야."
"나이를 먹을수록 사랑이 더 필요한 거래. 늙는다는 건 그 자체로 외로운 거니까. 사랑에 나이가 있나요? 하는 노래도 있잖아."

노래까지 흥얼거리는 유노가 얄미웠다.

그만 집에 들어가야지 했는데, 유노가 원미산에 가자고 했다. 내키지 않아 대답하지 않았다.

"우리 산에 간 지 오래됐잖아."

그랬다. 뱀 때문이었다. 마지막으로 산에 갔던 날은 눈이 드문드문 남아 있었다. 뱀을 보고 소스라치게 놀라 허둥대다가 돌부리에 발이 걸려 넘어졌다. 나중에 보니 죽은 뱀이었다. 어쨌거나 무릎이 까지고 발목을 접질렸다. 한 발짝도 내디딜 수가 없었다. 하는 수 없이 유노에게 업혀 산에서 내려왔다. 유노 등에서 따뜻한 기운이 올라오고 땀 냄새가 났다.

그날 밤 자려고 누웠는데 그 기운과 냄새가 스치면서 기분이 야릇했다. 손이 팬티 속으로 들어가 있는 것을 깨닫는 순간, 깜짝 놀라 얼른 손을 뺐다. 다음 날 유노는 여느 날과 다름없이 씩 웃었다. 나도 모르게 얼굴이 달아오르는 것을 느꼈다. 유노 눈을 똑바로 보지 못했다. 도리어 화난 것처럼 휙 돌아섰다. 유노는 잘못한 게 있으면 말해 달라고 몇 번 톡을 보냈다. 나는 답할 수가 없었다. 유노는 아직도 그때 내가 왜 그랬는지 꿈에도 생각하지 못할 것이다.

그 일은 나만의 비밀이었다. 비밀이 생긴 순간, 내가 더는 아이가 아니라는 생각이 들었다. 그것이 두렵기도 했다. 그날 이후 이

핑계 저 핑계를 대며 산에 가지 않았다.
"비 오는데?"
"비 오니까 더 좋잖아. 운치도 있고."
갈 데가 있다고 둘러대자 유노는 어디냐며, 같이 가 줄까? 하고 물었다.
주민센터에 간다는 말은 차마 할 수가 없었다. 주민센터는 산에 다녀와서 가도 되겠지. 당장 가야 하는 데는 아니라고 하자 유노는 그럼 말 나왔을 때 산에 가자고 조르듯 했다. 대답도 하지 않았는데 잠깐만 기다리라고 하고는 집으로 달려가더니 우비를 챙겨 나왔다.

비가 와서 초록이 선명한 산은 여느 때보다 고즈넉했다. 바람은 산허리를 가로질러 유노의 머리 위로 내려앉았다가 곧장 나뭇가지 사이로 달려갔다. 나뭇잎들이 쏴쏴 소리를 내며 몸을 떨었다. 박새 두 마리가 빗소리에 놀란 듯 날아올랐다. 우비를 입었는데도 빗물이 몸을 적셨다. 내가 뒤처지면 유노는 멈춰 서서 나를 향해 웃음을 지었다. 맑갛고 깊은 눈빛이 나를 끌어당겼다.
"원미산이 원래는 멀미산이었대."
유노는 대단한 걸 알아낸 것처럼 말했지만 나는 할머니가 알려 줘서 이미 알고 있었다.
멀미의 '멀'은 머리에서 나온 말이고 꼭대기, 마루를 뜻했다. 크다, 신성하다, 존엄하다는 뜻도 있었다. '미'는 산의 고유어인

'미·메·뫼' 중의 하나로, 멀미산은 큰 산이라는 뜻이었다.

몸집이 작아도 마음이 큰 사람이 있듯이 높지 않지만 품이 큰 산도 있을 터였다. 그런 산 가까이에 산다는 것은 행운이었다.

"근데 이 산에 동굴이 있대. 그게 말이야."

동굴이 있다는 것과 누군가가 들락거린다는 말만 전해질 뿐이었다.

무시하고 싶은데 유노에게 업혀 산에서 내려온 날 할머니가 했던 말이 떠올랐다. 산에서는 항상 조심해야 해. 해지면 바로 산에서 내려와야 하고. 그때는 흘려들었는데 할머니도 그 동굴 때문에 한 말이었나? 호기심이 발동했다. 유노에게 찾아보자고 했다. 유노는 괴물이라도 살고 있으면 어떡하느냐고 펄쩍 뛰었다.

빗방울이 굵어지고 바람도 세어졌다.

"괴물이다!"

앞서가던 유노가 짓궂게 소리치며 달렸다. 장난을 치고 있다는 걸 알면서도 오소소 소름이 돋았다.

집 앞에 왔는데 유노는 집에 들어갈 생각을 하지 않고 뭉그적거렸다.

"사실은 내 마음에도 동굴이 있어. 누군가가 언제든지 들어올 수 있게 만들어 놓은 동굴 말이야."

얘, 혹시 선수? 이런 애를 좋아했다가는 상처받을 게 뻔한데. 왜 자꾸 끌리는 거지?

"얘들아, 비 오는데 왜 나와 있어?"

복지사 해리 이모였다. 언제나 그렇듯 그녀는 해맑은 웃음으로 인사를 건넸다. 연두색 반팔 티셔츠에 아이보리색 면바지, 베이지색 야구 모자가 조화를 이루어 싱그러워 보였다. 수수한 차림인데도 늘 시선을 끌었다. 그녀에게서 뿜어져 나오는 생기 때문이었다. 목에 걸린 은목걸이가 반짝거렸다. 돌아가시기 전에 엄마가 걸어 주었다는 그녀의 보물 1호.

그녀는 어려서 아버지를 여의고 중학교 3학년 때부터 고등학교 2학년 때까지 병상의 어머니를 간호했다. 어머니가 돌아가신 뒤 사회복지학과에 진학해 졸업하고 복지사가 되었다. 우리 집에 온 지 2년째인데 배려심이 많고 우리의 아픔을 잘 헤아렸다. 할머니는 우리가 그녀를 만난 것은 축복이라고 했다. 모두 그 말에 공감했다. 선생님이라고 하지 말고 이모라고 불러 주면 좋겠어. 와, 좋아요, 이모. 이름이 예쁘니까 앞에 이름을 붙여 해리 이모라고 부를게요.

그녀는 간식으로 고구마수프를 만들어 주겠다고 했다. 내 소울 푸드라 구미가 당겼지만, 다녀올 데가 있다고 말하고 주민센터로 향했다. 마음이 바뀔까 봐 일부러 빨리 걸었다.

막상 주민센터 앞까지 와서는 망설여졌다. 오늘은 꼭 확인해 보는 거다. 마음을 다지며 접수부터 했다. 이내 무뚝뚝한 창구 직원이 증명서를 내밀었다. 그것을 받아 든 순간, 가슴이 울렁거렸다. 눈을 꾹 감았다가 떴다.

'이솔라의 자, 이희아.'

나를 낳은 부모님의 이름은 어디에도 없었다. 살아 있기는 할까? 살아 있다면 왜 나를 보러 오지 않는 거지? 안 좋은 일이 있어서 나타나지 못하는 건가? 죽었을지도 모른다는 생각이 들자 가슴이 얼어붙었다. 아니겠지. 할머니의 수첩이나 앨범에 무슨 단서가 있을지도 모른다는 데 생각이 미치자 닫혔던 문이 열리는 기분이었다. 나도 모르게 걸음이 빨라졌다.

뭘 찾는지 주방 곳곳을 살피던 해리 이모가 나를 보고 멈칫했다.

"이모, 뭐 찾아요?"

"아냐, 아무것도."

그렇게 말하고도 해리 이모는 주방 구석구석을 뒤졌다.

"제가 같이 찾아 줄게요."

그제야 이모는 어제 지갑을 싱크대 위에 놓은 채 깜박하고 집에 갔다고 했다. 이모가 두고 간 지갑이 없어졌다면, 넷 중 누군가를 의심할 수밖에 없었다.

동화는 자기 것을 주면 주었지 남의 것을 탐낼 아이는 아니었다. 누구보다 이모를 따르는 가영도 아닐 거였다. 매사에 똑 부러지고 불의와 부정을 참지 못하는 혜림이 그랬을 가능성도 적었다. 그렇다면 아진이? 아진은 요즘 부쩍 친구들과 어울려 다니느라 집에 들어오는 시간이 늦었다. 일주일 전에는 내게 돈을 빌려 달라고 했다. 그렇다고 함부로 의심할 수는 없었다.

"아무래도 다른 데에 떨어뜨린 거 같으니까 아무한테도 말하지 않는 게 좋겠다."
"알겠어요. 근데 할머니 어디 갔는지 아세요?"
"글쎄."
"요즘 말도 없이 어딜 가는지 모르겠어요. 남친 생긴 거 아닐까요?"
남친? 그렇다면 좋은 일이지, 하면서 해리 이모가 웃었다. 혜림과 가영이 들어오면서 내게 남친 생긴 거냐고 물었다.
"내가 남친은 무슨 남친이야?"
"방금 남친 소리를 들었는데. 하긴, 희야 언니한테 남친이 생길리 없지. 나라면 몰라도."
혜림이 턱 밑에 엄지와 검지를 대며 말했다. 가영이 또 예쁜 척이라며 입을 삐죽거렸다.
혜림은 눈이 초롱초롱하고 코가 오똑했다. 무엇보다 웃을 때면 보조개가 귀여웠다. 자신감은 연습이야. 거울 보면서 넌 참 예뻐, 어쩜 그렇게 예쁘니? 하고 말하면 정말 예뻐진다니까. 혜림은 2년 전 여름이 시작될 즈음 우리 집에 왔는데 누구, 나 좀 건드려 줄래? 하는 눈빛이었다. 해리 이모의 조언에 따라 자신감 연습을 한 뒤부터 달라졌다. 가영과 한방을 쓰고 있는데, 둘은 이따금 티격태격해도 성격이 무던한 가영이 참아 주어 잘 지냈다.
가영과 혜림이 방으로 들어가기를 기다렸다가 할머니 방으로 들어갔다. 옷장과 서랍을 뒤졌다. 문서와 통장은 내 관심 밖이었다. 오래된 수첩과 앨범을 펼치는데 손이 떨렸다. 샅샅이 훑어

봤는데도 부모님에 대한 단서는 찾을 수 없었다. 전에 우리 집에 왔던 할머니의 후배 동료가 떠올랐다. 마침 당시 할머니가 재직했던 학교의 앨범에 그 선생님이 있었다. 학교에 전화를 걸었다. 다른 학교로 전근 갔다고 했다. 어느 학교냐고 물었더니 내게 누구냐고 했다.

"제자예요. 옛날 제자요."

거짓말을 해서 그 선생님이 전근 간 학교를 알아냈다. 드디어 길이 보이는구나, 했는데 1년 전에 휴직하고 남편과 함께 해외에 나가 있다고 했다. 맥이 빠졌다. 마침 침대에 달린 서랍이 눈에 들어왔다. 서랍을 열자 두툼한 노트가 나를 기다렸다는 듯 누워 있었다. 바로 이거구나 싶어 가슴이 벌렁거렸다. 순간, 문 열리는 소리와 동시에 인기척이 났다. 무릎으로 슬쩍 서랍을 닫았다.

"희야?"

할머니는 내가 뭘 하고 있었는지 눈치챘을 텐데도 더 묻지 않았다. 방을 나서려는데 할머니의 휴대전화가 울렸다.

이아진이요? 맞는데요. 예? 아진이 또 무슨 일을 저지른 모양이었다. 3년 전 이맘때, 아빠에게 맞아서 팔다리가 부러진 채 우리 집에 왔는데, 잊을 만하면 문제를 일으켰다.

할머니가 아진이 응급실로 이동 중이라고, 내게 같이 가자고 했다. 처음 있는 일은 아니지만, 하필 지금인가. 나는 할머니가 말을 걸지 못하도록 이어폰을 끼었다.

응급실에 도착해 아진을 찾자 경찰이 다가왔다.

"이 학생 보호자 되십니까?"

"예."

"아이들이 싸운다는 신고가 들어와서 바로 출동했는데 다 도망가고 이 학생만 길에 쓰러져 있었어요. 술을 마신 것 같은데 어쩌다가 이 지경까지……."

"죄송합니다. 이러는 애가 아닌데……."

"아무튼 깨어나면 연락 주세요. 조사할 게 있어서요."

아진의 입술이 터지고, 핏자국이 선명했다. 할머니는 아진의 몸을 어루만지며 다친 데는 없느냐고 물었다. 아진이 발버둥을 치며 자기를 가만 놔두라고 소리쳤다. 응급실에 있는 사람들이 할머니와 나, 아진을 번갈아 보며 혀를 찼다.

30분쯤 지나 도착한 아진의 엄마는 죄송하다며 고개를 숙였다. 할머니는 아니라고, 아진이 다친 데가 없어서 다행이라고 했다.

"여긴 제가 있을 테니, 선생님은 희야랑 들어가 보세요."

병원 문을 막 나섰는데, 할머니가 한 지점을 향해 달리다시피 했다. 휠체어에 앉은 아이가 보도블록의 턱을 넘지 못해 쩔쩔매고 있었다. 할머니는 그 애의 휠체어를 밀어 주고는 뒷모습을 한참 바라보았다. 가끔 보아 온 일인데, 오늘은 마음이 삐딱해서인지 오지랖으로 보였다. 집으로 돌아오는 내내 할머니와 한마디도 하지 않았다.

내 방에 들어가서야 가족관계증명서를 할머니 방에 흘렸다는 걸 깨달았다. 재빨리 돌아가 방문을 열었는데 이미 할머니 손에 들어가 있었다.

"희야, 이걸 왜?"

"몰라서 물어? 나도 알고 싶다고. 숨긴다고 뭐가 달라져?"

할머니 손에서 가족관계증명서를 낚아채듯 했다.

"희야!"

할머니가 얼른 나를 껴안으며 숨을 몰아쉬었다.

"가식 떨지 마. 토 나올라고 하니까."

전부터 내가 이렇게 하면 할머니는 말을 뚝 그쳤다. 할머니를 밀어내고 쌩하게 방을 나섰다.

"희야, 조금만 더 시간을 줘."

등 뒤에서 들려오는 할머니의 목소리가 귀에 꽂혔다.

"3년도 모자라서 또 조금? 그 조금이 나한테는 한 달이고 1년, 그 이상이라는 거 몰라? 이럴 거면 아예 아무 말도 하지 말든가. 대체 왜 그런 건데? 아직도 이러는 이유는 또 뭐냐고?"

"……"

"먹여 주고 재워 주면 다야? 다 필요 없으니까 내 부모가 누군지, 어딨는지 말해 달란 말이야. 그러면 당장 이 집에서 나가 줄 테니까!"

"……"

"엄만 어딨어? 죽었어? 혹시 죽기를 바란 거야? 나를 딸로 하려고?"

울분에 차서 계속 소리쳤다. 속이 시원하기는커녕 가슴속에 돌덩어리가 박힌 느낌이었다. 아무것도 생각할 수 없고, 생각하기도 싫었다.

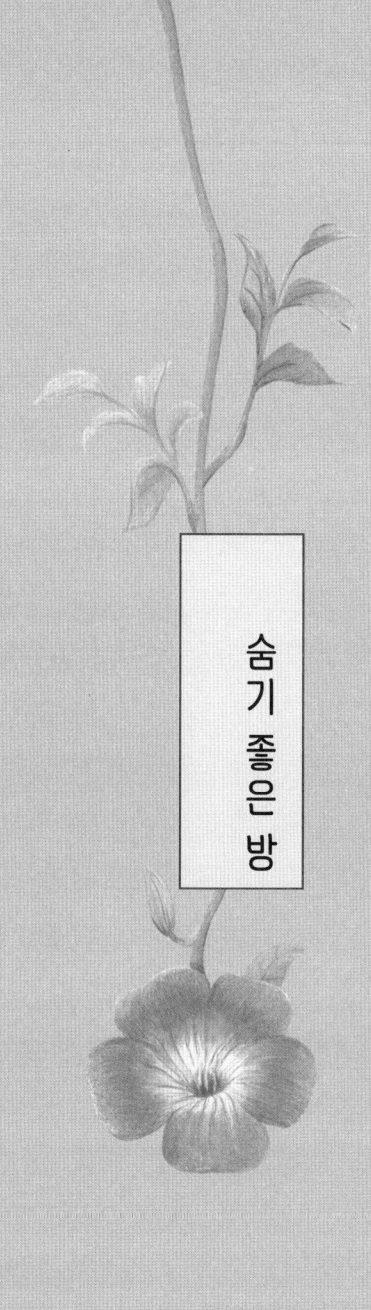

숨기 좋은 방

할머니와 냉전이 시작되고 내 머릿속의 지진은 잦아들지 않았다. 3주 동안 발길을 끊었던 방에 들어갔다. 할머니는 '철학자의 방'이라고 했지만 내게는 그저 숨기 좋은 곳이었다. 제자들이 삶에 지쳤을 때 찾아와 쉴 수 있게 할머니가 마련해 두었는데, 재직 시절 제자들에게 약속한 거라고 했다. 밥과 막걸리, 안주는 무한 리필이었다. 이 방을 찾아온 사람은 아직 없었다. 할머니가 그 약속을 지킬 거라고 믿은 제자가 없는지도 모른다. 미닫이 문 안쪽에 자코메티의 '걸어가는 사람Ⅱ' 사진이 걸려 있고, 벽을 두른 서가에 책이 빼곡했다. 책상과 의자, 여러 장르의 음반들과 CD 플레이어가 있는 이 방이 나는 마음에 들었다. 물론, 처음부터 그랬던 건 아니었다. 집에 아무도 없을 때나 모두가 잠든 밤에, 모든 게 막막하게 느껴질 때면 발이 절로 이 방으로 향했다. 어쩌다 보니 책들과 이야기를 나누게 되었다.

"희야, 오랜만이네. 또 우리를 팔려고 왔니?"

책들이 한목소리로 물었다.

"너희가 원한다면 얼마든지 팔아 줄게. 이 방에서 나가고 싶으면 손들어 봐."

손을 드는 책이 없었다.

"나가기 싫은 거야?"

"이 집에는 우리를 사랑하는 사람이 있으니까."

"혹시 그 사람이 나라고 생각하는 건 아니겠지?"

"너도 우리를 사랑하지."

"천만에, 뭔가 오해하고 있는 거 같은데."

"사랑은 받는 쪽에서 먼저 알거든."

"뭐 그렇다고 쳐. 다른 데 가도 사랑받을 수 있을 텐데 굳이 여기 있으려고 해?"

"누군가가 우리를 사랑해 준다고 해도 솔라 할머니만큼은 아닐 테니까."

사람은 물론, 동물과 식물, 책까지도 자신을 사랑하는 사람을 안다는 것이 놀라웠다.

"너무 믿지 마. 언제 너희를 팔아 치우거나 내다 버릴지 몰라."

"할머니가 그런다면 이유가 있겠지. 할머니가 우리를 어떻게 해도 우리는 할머니를 원망하지 않을 거야."

어라? 얘들이 점점?

"너희는 모르나 본데, 그 할머니 이상해졌어."

그 할머니?

"왜, 뭐가 잘못됐어?"

뭐 그건 네가 알아서 판단해. 네가 어떻게 부르든 할머니는 할머니니까. 이상해지지도 않았고, 전보다 생각이 많아졌을 뿐이지.

"내 말이 그 말이야. 정신이 온통 딴 데 팔려 있다고."

할머니는 여전히 사랑에 대해 생각하시는 거야.

"그래, 사랑. 바로 그게 문제라니까."

그게 왜 문제야? 너도 우리도 할머니의 사랑을 먹고 살잖아.

"문제가 된대도. 암튼 지금은 사랑이라는 말만 들어도 토 나올라 그래."

뭔가 단단히 꼬여 있다는 건 알겠는데, 그건 네 탓이지 할머니 때문은 아닌 듯.

할머니는 편이 많은 사람이었다. 그런 할머니가 그 누구의 편도 아닌, 내 편이라고 생각해 왔는데 지금은 의심이 갔다.

"그만해. 어떤 말도 귀에 안 들어오니까."

지금 너는 방전됐어. 마음의 배터리를 충전할 시간이 필요해. 그저 뒹굴뒹굴하는 거 말이야. 그러기에 여기만 한 데는 없지.

KO 패 당한 기분이었다. 무슨 말로든 받아쳐야 하는데 말문이 막혔다.

이 방에 들어오면 현실에 가상을 더한 증강 현실 속에 있는 느껌이었다. 외딴섬에 홀로 있는 기분이기도 한데, 아무에게도 발견되지 않는 걸 상상하곤 했다. 우두커니 있다 보면, 내가 아무것도 아니고 나아가 세상에 없는 존재 같았다. 그런 생각마저 없어지는 순간이 오면 놀라울 만큼 편안했다. 뒹굴다가 책을 꺼내 들기도 했다. 물론, 읽을 마음도 없었고 읽지도 않았다. 그런데 우연한 계기가 찾아왔다.

할머니가 엄마가 아니라는 걸 알게 된 날이었다. 가출했다가 탈진되어 병원에 실려 갔다. 집에 돌아와서도 이틀은 잠만 잤다. 깨어나서도 음식은 먹지 못했다. 냄새만 맡아도 속이 메스꺼웠다. 할머니가 만들어 준 잡채를 한 가닥도 넘기지 못했다. 할머니가 좋아하기에 나도 좋아한 거였는데, 더는 그럴 수 없을 것 같았다. 할머니도 음식을 입에 대지 않았다. 할머니가 전과 다름없이 나를 사랑한다는 건 알지만, 다른 느낌이었다. 할머니와 마주하는 것도, 숨 쉬는 것도 어려울 만큼이었다. 학교에도 갈 수 없었다.

텅 빈 집에 혼자 있다가 이 방에 들어왔다. 며칠 뒹굴다 보니 나도 모르게 책에 손이 갔다. 『빨간 머리 앤』. 초등학교 3학년 때 동화로 읽어서 내용은 알고 있었다. 몇 장 넘겼는데 손에서 놓을 수가 없었다. 전에 읽었을 때와는 달리 앤의 외로움이 고스란히 전해졌다. 앤의 언어는 경이로울 정도로 아름다웠다. 그 언어가 세상을 아름답게 만든다는 생각이 들었다. 무엇보다 앤이 나를 위로해 주었다. 희야, 나를 봐. 내일은 오늘보다 나아질 거야.

만약 그때 이 방에 오지 않았더라면, 앤을 다시 만나지 않았더라면, 오늘과는 다른 내가 되어 있을지 모른다. 그즈음의 나날들은 나를 바꾸어 놓았다. 나도 모르는 힘이 나를 지배했다고나 할까, 어느 순간부터 깨어 있는 시간에는 대부분 책을 읽었다. 무슨 책이든 가리지 않았다. 시는 어려웠고 역사와 세계사는 재미있었지만, 끝이 보이지 않았다. 위인전은 구조가 비슷하고 결말이 어느 정도 보여서 흥미가 사그라들었다. 이야기가 펼쳐지고 뒷부분이 궁금한 책에 관심이 쏠렸다.『아낌없이 주는 나무』『꽃들에게 희망을』『어린 왕자』……. 처음에는 줄거리에만 집중했다. 빛도 햇빛과 달빛이 다르듯 책에 따라 내용과 형식은 물론, 작가가 말하려고 하는 것이 다르다는 걸 차차 알게 되었다. 어떤 책은 인물 혹은 문장에 끌렸다. 무엇보다 책을 읽을 때는 아무것도 생각나지 않았다. 책을 들고 있기만 해도 내가 조금 나은 사람이 된 기분이고, 몸이 팽팽해지는 걸 느꼈다. 고개를 빳빳이 들고 등을 곧게 편 채 이 방을 나서곤 했다. 한마디로 나는 책에 빠져 버렸다. 소나기처럼 찾아온 첫사랑에 이끌려 잠을 이루지 못했던『소나기』, 짐승 같은 달의 숨소리,라는 표현을 이해하지 못해 끙끙거렸던『메밀꽃 필 무렵』, 죽은 엄마의 빈 젖꼭지를 빨고 있는 아이의 모습에서 헉 소리가 났던『운수 좋은 날』, 앞뒤 생각 없이 달리는 아이들을 위해 호밀밭의 파수꾼이 되고 싶다는 주인공의 말에 가슴 뛰었던『호밀밭의 파수꾼』……. 한동안 내면에 있는 에너지를 책 읽는 데 쏟아붓기로 했다. 그건 어려운 일이 아니었다. 저절로 그렇게 되었으니까.

그런데 좋은 일에는 나쁜 일이 따른다는 게 맞는가 보다. 책 때문에 안 좋은 일이 일어났다. 책이 너무 좋은 나머지 친구들과 곧잘 가던 피시방이나 노래방을 멀리하게 되었다. 대화할 때면 책 속의 문장을 인용하면서 깊은 인상을 주려고 했다. 점점 친구들과 말이 통하지 않았다. 무리에서 떨어져 나온 뒤에야 책에 더 빠져들어서는 안 되겠다는 생각이 들었다. 책들을 눈앞에서 없애 버리자. 아니, 책들을 해방시켜 주는 거야. 그야말로 돌 하나를 던져서 새 두 마리를 잡는 격이었다. 이 방을 떠난 책들이 다른 집 서가에 갇힌다고 해도 세상 구경은 하는 셈일 테니까. 책들도 그걸 바랄 거라는 생각이 들자 조바심이 났다. 생각 끝에 책들을 중고 거래 사이트에 올려서 팔았다. 책값으로 군것질을 했는데 배탈이 났다.

내가 한 일을 할머니가 알아채는 데는 일주일이 채 걸리지 않았다. 왜 책을 팔았어? 해방시켜 주려고. 할머니는 어이없다는 표정이더니, 이내 미소를 띠었다. 해방? 말 되네. 세상 구경 나간 책들이 우리 희야한테 고마워하겠다. 남아 있는 책들은 어떻게 할 거야? 글쎄, 아직은 잘 모르겠어. 희야, 책들을 해방시켜 주기 전에 책들의 생각을 물어보는 건 어떨까? 책들의 생각이라니, 과연 할머니였다. 다른 사람이라면 책을 판 돈을 어디에 썼는지부터 묻고 혼을 내거나 반성문을 쓰라고 했을 것이다. 며칠 뒤 책들에게 물었다. 너희, 이 방에만 있으면 답답할 텐데 나가 보지 않을래? 세상 구경도 할 겸 말이야. 어떤 책도 대답이 없었다. 갈등하는 게 분명해 보였다. 다른 곳으로 간 친구들이 이 방이 다른 데보다 낫다고 말해 주었는지 모른다. 일주일쯤 지나 다시 책들에게 물었다. 모두 여기에 있겠다고 했다. 우린 이미 작가들이 구경한 세상으로 가득 차 있거든.

그 일이 있고 3주만인데 책들과 더 멀어진 느낌이었다. 더 말하고 싶지 않아 바닥에 누웠다. 등이 바닥에 닿는 순간, 졸음이 밀려왔다. 베개로 쓸 책을 찾으려고 서가 맨 아래 칸에 꽂혀 있는 책등을 훑었다. 『동급생』. 제목이 눈에 들어와 펼쳐 들었다.

"이 책은 우리를 슬픔과 공포 속으로 던져 넣고 마지막 행에서는 우리에게 희망을 품을 이유를 되살려 준다." 서문에 끌려 읽기 시작했다. 1930년대 초반, 유대인 소년 '한스'와 게르만 귀족 소년 '콜라딘'의 우정을 그린 작품이었다. 한 문장 한 문장이 아름답고 절절했다. 읽는 내내 기쁨과 절망의 소용돌이에서 헤어나지 못했다. 책장을 덮은 뒤에는 머리가 꽉 찬 느낌이었다. 당분간 어떤 책도 읽을 수 없을 것 같았다.

이토록 마음을 사로잡는 책이 있다니, 이 책을 읽지 않고 죽었다면 억울했을 거라는 생각이 들었다. 이런 책이라면 얼마든지 더 읽고 싶었다. 평생 책 읽는 사람으로 살아도 좋지 않을까. 가슴이 부풀었다. 내게도 꿈이 생긴 건가? 깡이에게 자랑하고 싶었다.

할머니는 내가 아주 어렸을 때부터 꽃과 나무, 동물은 물론,

사물과도 대화하는 법을 알려 주었다. 꽃이랑 나무도 말을 해? 그럼. 강아지랑 고양이도? 물론이지. 해님과 달님, 별님…… 우주의 모든 것은 연결되어 있거든. 중요한 건 서로에 대한 마음이야. 진심은 통한단다. 진심이 뭐야? 진짜 마음. 진짜 마음이 뭐야? 사랑!

모과나무 아래에 있는 깡이의 집 앞으로 걸음을 옮겼다.

깡이는 3년 전 봄날, 정오에 우리 집에 찾아왔다. 누가 깡이를 버렸는지 깡이가 길을 잃었는지는 알 수 없었다. 누런 눈곱이 낀 채 털이 뭉치고 피부는 부스럼투성이에 다리를 절었다. 날이 저물 때까지 나가지 않더니, 퇴근해 돌아온 할머니의 품으로 뛰어들었다. 이 녀석이 우리 집에서 살겠단다. 할머니는 깡이를 목욕시킨 뒤 병원에 데려갔다. 관절염과 피부병을 앓고 있었다. 사람으로 치면 할머니와 비슷한 나이고, 정신도 오락가락한다고 했다. 잠을 많이 자고 좀처럼 움직이려 들지 않는 걸 보면, 사실을 받아들일 수밖에 없었다.

"깡이 너는 왜 맨날 잠만 자?"

잠을 자면 좋은 꿈을 꾸거든. 꿈속에서는 별나라에도 갈 수 있고 달나라에도 갈 수 있어.

깡이가 눈을 감은 채 말했다.

"너, 엄마 꿈도 꾸니?"

깡이가 눈을 떴다. 눈을 깜박이거나 꼬리를 흔드는 대신 나를 빤히 쳐다보았다. 엄마가 보고 싶냐고 묻자 눈망울이 촉촉했다.

나는 곧 엄마를 만나러 가게 될 거야. 그날을 맞을 준비를 하고 있어.

삶을 넘어 죽음에 이르러서도 다시 만날 희망이라니. 깡이가 나보다 나았다. 깡이를 안아 주었다.

"실은 말할 게 있는데, 나 꿈이 생겼어."

정말? 축하해.

"고마워. 뭔지 안 물어봐?"

순간, 뒤에서 발짝 소리가 들렸다. 돌아보니 할머니가 가까이에 와 있었다.

"우리 희야, 꿈이 생긴 모양이네."

할머니는 내가 깡이에게 한 말을 들었나 보았다. 엄마 어쩌고 하는 말도 들었을까. 들었어도 못 들은 척할 거였다. 할머니와 말을 섞기 싫어서 대꾸하지 않았다. 가족관계증명서 사건 이후 할머니는 전보다 더 애틋한 눈빛으로 나를 바라보고, 내 눈치를 보았다. 희야, 조금만 더 시간을 줘. 그 말이 귀에 쟁그랑거렸지만, 나는 줄곧 데면데면 굴었다. 할머니라고 부르지도 않고, 먼저 말을 걸지도 않았다.

"꿈이 뭔지 말해 줄 수 있어?"

할머니는 꼭 알고 싶다는 눈빛이었다.

"책 읽는 사람."

차갑게 내뱉듯 했다.

"와! 책 읽는 사람이 꿈이라니, 멋지다."

할머니가 나를 안아 줄 듯이 팔을 벌렸다. 배배 꼬여 있던 마음이 조금 풀어졌지만, 몸을 뒤로 뺐다. 할머니는 어떻게 그런 꿈을 갖게 됐냐고 물었다. 이번에도 대답하기 싫었지만, 간곡한 눈빛 때문에 차마 안 할 수가 없었다. 한 권의 책 때문이라고 했다. 뭔가 소중한 걸 얻었을 때처럼 할머니의 눈동자가 커졌다. 무슨 책이냐고 물었다.

대답해야 하나 말아야 하나. 할머니는 내게서 눈을 떼지 않았다.

"동급생."

"프레드 울만 작품?"

나는 대꾸하지 않음으로써 그렇다는 걸 말했다.

"나도 읽었는데. 내가 느꼈던 걸 우리 희야도 느꼈구나."

할머니의 인생 책 중의 하나였다. 할머니는 그 책을 읽은 뒤 한동안 책을 읽지 않았다. 오래 마음에 담아 두고 싶어서였다. 머리가 꽉 찬 느낌이어서 어떤 책도 읽지 못할 것 같은 내 마음과 통했다. 며칠 전이었다면 할머니와 손을 마주치고 품에 안겼겠지만, 지금은 그러고 싶지 않았다.

"내 꿈이 뭐였는지 알아?"

내가 알 게 뭐야? 하고 싶은 걸 참았다. 할머니도 대답은 기대하지 않은 표정이었다.

"음. 나는 말이야."

솔직히 뭔지 궁금했다. 하지만 누가 듣고 싶다고 했나? 하는 듯 무심한 표정을 지었다. 할머니는 뜸을 들였다. 뭐 대단한 거라고 이렇게 뜸을 들이시나.

"어렸을 때는 가수가 꿈이었어. 록 가수."

할머니의 꿈이 가수였다고? 그것도 일렉트릭 기타와 베이스, 드럼의 연주에 맞춰 열창하는 보컬이? 어이가 없었다. 나도 모르게 입술이 비틀리고, 입에서 바람 빠지는 소리가 새어 나왔다.

"집에 낡은 전축이 있었어."

음악보다 지지직 소리가 더 크게 나는 전축이었다. 할머니의 어머니는 늘 음악을 틀어 놓고, 노래를 따라 부르기도 했다. 할머니도 흥에 겨워 가끔 따라 불렀다.

그러던 중 초등학교 6학년 때 텔레비전에서 '신중현과 엽전들'의 공연을 보았다. 〈미인〉이라는 노래를 들은 뒤로 다른 노래가 귀에 들어오지 않았다. 틈만 나면 방문을 걸어 잠근 채 빗자루를 기타 삼아 들었다. 허리를 앞뒤로 꺾어 흔들고 고개를 젖혀 가며 팔짝팔짝 뛰면서 노래를 불렀다. 반짝거리는 조명 아래서 관중의 환호와 열광에 흠뻑 젖어 들었다. 상상이었지만 흥분이 가라앉지 않았다. 중학교 소풍 때 게임에 져서 벌칙으로 노래를 불렀는데, 큰 박수에 이어 앙코르를 받았다. 그 뒤로 주변에 아무도 없을 때면 주먹을 마이크처럼 들고 노래했다. 심지어는 화장실에서도 포즈를 취했다. 사람들 앞에서 노래할 기회가 찾아온 것은 세월이 한참 흐른 뒤였다. 교사 발령을 받은 해 학교 축제 때였는데, 사회자의 호명에 얼떨결에 무대로 나갔다. 여기저기서 비

명 같은 환호가 터졌다. 이건 뭐지? 눈앞이 깜깜했다. 순간, 자신도 알 수 없는 호기가 솟구쳤다. 까짓것 한번 망가지자. 무대에서 내려올 때는 귀신이 씌었나 했다. 그 뒤로 우연히 노래할 기회들이 왔고, 한때는 할머니 노래에 반해 프러포즈한 사람도 여럿 있었다. 할아버지도 그중 한 사람이었다.
 이런 식으로 할머니에게 말려들면 안 되는데, 할머니의 이야기는 흥미로웠다.
 "퇴직하면 제일 먼저 해 보고 싶었던 게 뭔지 아니?"
 말을 던져 놓고 할머니는 또 뜸을 들였다.
 "밤무대 가수."
 웃음이 비어져 나오려는 걸 간신히 참았다.
 "록 가수가 꿈이었다며?"
 나도 모르게 말이 튀어나왔다.
 "나이에 맞는 노래라는 게 있잖아. 중요한 건 노래를 부르고 싶은 곳이 있었다는 거야."
 남쪽 바다 소읍에 있는 나이트클럽이었다. 사촌들과 함께 갔는데, 거기서 노래하는 가수가 부러웠다.
 하필 시골 나이트클럽이람?
 "칙칙한데 따뜻한 거 있잖아. 마구 휘청거려도 될 것 같은 분위기 말이야."
 그런 분위기가 어떤 것인지 감이 오지 않았다. 어쨌거나 할머니가 구슬 달린 드레스를 입고 엉덩이를 흔들며 노래하는 모습은 상상만 해도 웃음이 나오려고 했다.

　무슨 노래를 부르고 싶었느냐고 묻지도 않았는데, 〈댄서의 순정〉이라고 했다.

　그런 노래도 있나? 유튜브에서 노래를 검색했다. 서로의 '이름도 모르고 성도' 모르지만 '등불 아래 춤추는 댄서의 순정'이라는 가사를 보니 너무 우스워서 웃음도 나오지 않았다. 밤이면 첼로 연주곡을 듣는 할머니가 막상 부르고 싶은 노래는 〈댄서의 순정〉이라니, 역대급 반전이었다. 할머니는 더 할 말이 있는 표정이었다.

　"진짜 꿈은 다른 거였어."

　꿈이 진짜도 있고 가짜도 있나?

　할머니는 무언가 특별한 걸 말할 때처럼 눈동자를 굴렸다.

　"소설가."

　혼자 말하고는 뭔가에 도취한 표정이었다.

　"소설을 쓴다는 건 말이야, 살아 있다는 걸 느끼게 해 주는 최고의 선물이야. 몰입하게 되거든. 몰입하면 아무것도 보이지 않아. 진정한 자신을 만나게 되는 거지."

　마치 소설을 써 본 적이 있는 것처럼 말했다. 그런데 왜 소설가가 안 되고 선생님이 되셨나.

　"소설가는 너무 위대해서 나 같은 사람은 감히 될 수 없다고 생각했어."

　문장 하나를 쓰는 데도 혼이 빠져나갈 정도로 사유해야 하는데, 그걸 해낼 재간이 없었다. 선생님은 가지고 있는 걸 다른 사

47

람과 나누는 일이었다. 마음도 나누고 아는 것도 나누고.
 나누는 게 더 어렵지 않나?
 "사랑하면 나누는 건 어렵지 않거든."
 아이들을 보면 가슴이 뛰었다. 교실 앞에서 호흡을 가다듬은 뒤에야 교실로 들어갈 수 있었다.
 요즘 아이들이 들으면 코웃음 칠 일이었다.
 소설가가 되지 않은 걸 후회하지 않냐고 묻고 싶었다.
 "소설가는 어차피 내가 갈 수 없는 길이었어. 되고 싶다고 될 수 있는 것도 아니고. 가 보지 않아서 더 아름답게 남아 있을 수도 있지."
 독심술이라도 배웠는지 말마다 내 속을 꿰뚫고 있었다. 그러더니 누가 소녀 감성 아니랄까 봐 프로스트의 시 〈가지 않은 길〉을 읊었다.
 "선택이란 것도 능력자나 할 수 있는 거지. 나는 잘하는 게 없으니 꿈도 못 꾸겠네."
 "잘하는 것보다 중요한 건 하고 싶은 거야. 넌 하고 싶은 게 생겼잖아. 책 읽는 거 말이야. 그런 꿈이 생겼다는 건 정말 멋진 일이야. 하고 싶은 것에서 잘하는 게 싹트고 자라거든. 시간이 걸리겠지만 넌 아직 열다섯 살이잖아."
 잘하는 게 없어도 되고 아무것도 아니어도 되는 나이, 열다섯 살! 괜찮은 나이였다.
 인기척이 나서 돌아보니 동화였다. 고개를 숙인 채 어깨가 축

처져 있었다.

 동화 왔네? 하고 말을 붙였는데 대꾸가 없었다. 할머니에게도 고개만 숙이고 현관 안으로 들어갔다. 전에 없던 일이었다. 학원에서 무슨 일이 있었나? 열흘 전까지 그림 그리는 데 빠져서 시간 가는 줄도 모른다고 하더니. 아니면, 아진 때문인가? 열흘쯤 전에 해리 이모가 둘이 방 쓰는 게 걸린다고 했는데.

"동화, 무슨 일 있는 거야?"
"사춘기잖아."

 할머니의 눈을 보지 않고 툭 내뱉었다.

 동화는 2년 전 엄마가 돌아가신 뒤 아빠도 집을 나가 연락이 끊겼다. 친척 집을 옮겨 다니다가 우리 집에 왔다. 잠을 잘 자지 못했는데, 그럴 때면 내가 옆에 있어 주었다. 자연스럽게 이야기를 많이 나누었다. 언니, 나는 그림 그릴 때 손이 빨리 움직여. 몸도 가벼워지는 느낌이고. 동화의 말을 할머니에게 전했다. 미술학원에 다녀보는 건 어떨까? 할머니가 물었을 때 동화의 눈에 별이 돋았다. 내가 선물한 미술도구 가방을 늘 메고 다니며 틈만 나면 그림을 그렸다. 뭔가에 재능이 있다는 것은 축복이었다. 얼마 전부터 자기만의 이모티콘을 만들 거라며, 태블릿 살 돈을 모았다. 마음이 여려서 싫어도 싫은 내색을 하지 않았다.

 동화뿐 아니라 나를 비롯해 우리 집 아이들은 상처를 잘 받았다. 서로에게 다가가는 것도, 적응하기도 쉽지 않았다. 끊임없이 문제가 생기고 해결도 어려웠다. 그럼에도 우리는 서로에게 위안이 되는 존재였다. 언젠가부터 할머니와 단둘이 사는 것은 생각해 보지 않았다. 할머니는 점점 늙어 갈 것이고 그 모습을 혼자 지켜보게 될 일도 두려웠다. 하지만 요즘 같아서는 그것마저도 희미해졌다.

"왜 애들을 데려와서 돌봐 줘?"

나를 키운 이유를 묻고 싶은 걸 돌려 말했다.

"아프리카 속담에 아이를 키우려면 온 마을이 필요하다는 말이 있어."

아이들의 꿈을 지지해 주고 자립을 도와주는 사람들이 있어야 한다는 말이었다. 나도 그 정도는 알고 있었다.

"그게 다는 아니야."

그럼 뭐라는 거야?

"나한테 딸이 있었어."

할머니는 숨을 돌린 후 나와 눈을 맞추었다.

"내가 아이를 낳았다는 게 신기하고 벅찼어."

그 아이는 잘 걷지도 못하고 말도 하지 못했다. 마치 자라지 않기로 작정한 듯이. 할머니는 휴직계를 내고 여기저기 병원을 찾아다녔다. 아이가 어눌하나마 엄마,라는 말을 하게 된 것은 여섯 살 때였다.

할머니는 숨을 몰아쉬며 가까스로 말을 이었다.

"그 사이에 아이 아빠가 우리를 떠났어. 우리보다 더 사랑하는 사람을 만났기 때문이지."

할머니는 눈썹을 살짝 들어 올렸다가 내렸다. 딸은 어디에 있느냐고 묻고 싶었다. 입이 떨어지지 않았다.

"딸도 떠났어. 돌아올 수 없는 곳으로."

할머니의 눈빛이 흔들렸다. 왜냐고 차마 물을 수 없었다.

"딸을 떠나보내면서 딸한테 약속했어. 잊지 않겠다고 말이야."

또 부모의 보살핌을 받지 못하는 아이들을 도우며 살겠다고 다짐했다.

할머니는 아이들을 보살핌으로써 딸과의 약속을 지키고 있었다. 할머니의 딸이 가졌어야 할 행복을 내가 가로챈 기분이었다. 한편으로는 할머니에게 나보다 더 사랑하는 아이가 있었고, 지금도 그럴 거라는 생각이 들자 가슴에 구멍이 난 느낌이었다. 하지만 지금 위로받아야 할 사람은 할머니였다.

"천국에 가서 만나면 되겠다."

할머니는 딸을 볼 면목이 없어,라고 덧붙이며 고개를 저었다.

"천국은 어디에 있지? 지도에도 안 나오는데."

"마음속에 있는 거겠지."

"그럼 누구나 다 가겠네."

"그래서 더 못 가는 곳이기도 하지."

이마를 짚는 할머니의 팔과 손가락이 앙상했다. 그리고 보니 요즘 얼굴빛도 좋지 않고 전보다 몸의 근육도 줄어들었다. 운동을 안 하니 그럴 수밖에 없을 거였다.

침대에 누웠는데 가슴에 난 구멍이 좀처럼 메워지지 않았다.

오늘 밤은 길 것 같았다. 딸 이야기를 듣고 할머니에 대한 마음이 누그러진 게 사실이지만, 그렇다고 앙금마저 없어진 것은 아니었다. 언제 다시 폭발할지 알 수 없는 마음이었다.

— 언니, 아까 미안했어.

동화의 톡이었다.

— 아냐. 네가 많이 힘들어 보여서 걱정이지.

— 곧 괜찮아질 거야.

— 그래, 잘 자.

알바트로스

닷새째 불볕더위가 계속되었다. 오후 4시인데도 햇볕이 따가웠다. 할머니 심부름으로 주방용 세제를 사러 슈퍼마켓에 갔다. 아저씨는 또 술을 마셨는지 얼굴이 불콰했다. 내게 '추억의 쫀드기'를 내밀었다. 이야기하고 싶다는 뜻이었다.
 "내가 왕년에는 말이다."
 그는 축구선수였다. 그것도 아주 잘나가는. 몇 번 들어서 알고 있는 거였다. 나는 슬그머니 쫀드기를 내려놓았다. 그는 쫀드기 싫으면 건빵 먹을래? 하고 물었다.
 "할머니가 빨리 돌아오라고 했어요."
 "그래? 그럼 얼른 가 봐야지."
 그는 할머니 말이라면 뭐든 옳다고 여기며 따랐다.

걸음을 옮길 때마다 왕년에, 왕년에, 하던 그의 말이 떠올랐다. 사람은 현재의 삶이 만족스럽지 않을 때 과거에 집착한다고 했다. 추억할 과거조차 없는 것보다 낫겠지만, 지금부터라도 현재를 붙들어야 하지 않을까. 그러지 않으면 미래마저 기대할 수 없을 테니까.

대문 앞에 40대 후반에서 50대 초반쯤으로 보이는 남자가 서 있었다. 물 빠진 무늬의 데님 바지에 야자수가 프린트된 티셔츠 차림이었다. 머리를 묶은 것이며 팔에 날개가 커다란 새 모양의 타투까지, 보기 드문 분위기였다. 한 걸음 물러서다가 그와 눈이 마주쳤다. 눈에 나 착함,이라고 쓰여 있었다. 그가 이 집에 사느냐고 물어서 그렇다고 했다. 뜻밖에도 그의 입에서 할머니 이름이 나왔다. 할머니 집이 맞다고 하자 그의 얼굴에 기쁨의 빛이 차올랐다.

혹시 유노가 말한 남친? 설마, 나이 차이가 너무 많이 나 보이는데. 게다가 할머니와 어울리기는커녕 멋과도 거리가 멀었다.

"나는 선생님 제자야. 30년 전 제자."

나는 민망해서 기어들어 가는 목소리로 예에, 하고는 잔디밭을 가로질러 현관 앞까지 가서 안에 대고 소리쳤다.

"누가 찾아왔는데, 제자래."

"그래?"

할머니가 얼른 밖으로 나왔다.

"이게 누구냐?"

할머니는 함박웃음을 지으며 종종걸음으로 그에게 다가갔다.

"안녕하셨어요? 선생님."

"그래, 그래. 알바트로스!"

두 사람은 양팔을 벌려 서로를 껴안았다. 과하다 싶을 정도로 흥분한 모습이었다. 이산가족 상봉도 아니고, 저 액션은 뭐람. 게다가 알바트로스는 또 뭐지?

할머니는 그를 안았던 팔을 풀고 얼굴과 몸을 살폈다.

"얼굴이 많이 상했네."

"아녜요, 여름이라 좀 타서 그래요."

그는 팔뚝에 힘을 주어 근육을 자랑하듯 보여 주었다. 근사하다며 할머니는 엄지를 들어 보였다.

"선생님은 여전하시네요, 하나도 안 변하셨어요."

"안 변하긴, 내 나이가 몇인데?"

"선생님도, 나이는 숫자에 불과한 거잖아요. 아모르 파티!"

그는 '나이는 숫자, 마음이 진짜'라는 트로트 한 소절을 흥얼거리며 재롱부리는 아이처럼 몸을 움직였다. 할머니는 흐뭇한 표정이었다. 둘 다 나는 안중에도 없어 보였다. 나는 어정쩡하게 서서 그들을 지켜보았다. 둘은 다시 얼싸안고 서로의 등을 두드렸다. 그가 팔을 풀고는 뜬금없이 할머니 안색이 안 좋아 보인다며 어디 편찮으시냐고 물었다. 할머니는 이렇게 생생한데 아프긴, 하면서 얼른 주방 쪽을 향해 갔다.

"커피 어떠니?"

"안 그래도 커피가 당겼어요."

"그럼 맛 좋은 드립커피로 준비할게."

"역시 선생님 취향은 남다르다니까요."

두 사람의 대화와 몸짓은 눈꼴실 정도였다. 나는 일부러 어깨를 휘휘 돌리며 할머니 앞으로 다가갔다. 할머니는 그제야 내가 눈에 들어온 모양이었다.

"희야, 인사해라. 내 제자 알바트로스야."

나는 안녕하세요, 하고 고개를 숙였다.

"얘는 희야."

안녕? 희야 하며, 그가 한 손을 들어 보였다. 뻘쭘해서 곧장 내 방으로 가려고 하는데 할머니가 커피 내리는 걸 도와 달라고 했다. 커피 서버에 드리퍼를 올려놓는 할머니에게 종이 필터를 건넸다. 할머니는 가루 커피를 넣고 드리퍼를 흔들었다. 뜨거운 물을 넣어 온도를 가늠한 뒤 첫 드립을 시작했다. 세상에 단 한 잔뿐인 맛을 보게 해 주겠다나, 그 어느 때보다 공을 들였다. 그 모습을 흘끔거리며 컵을 데웠다.

할머니는 내게 과일을 부탁하고는 커피를 들고 그와 함께 철학자의 방으로 향했다.

선생님과 제자 사이가 그렇게 좋을 수 있을까. 방학할 무렵 학교에서 있었던 일이 떠올랐다. 한 아이와 선생님이 수행평가 점수 문제로 갈등이 깊어져 교권보호위원회가 열렸다. 그 뒤로 선생님과 아이들 사이에 보이지 않는 벽이 생겼다. 매스컴에서도 그와 비슷한 일을 자주 보도했다.

참외와 자두를 쟁반에 담아 철학자의 방 앞으로 갔다. 노크를 하려다가 두 사람의 대화를 엿듣고 싶은 충동이 일었다. 허리를 낮추고 귀를 쫑긋 세웠다.

무슨 일이 있었던 거냐, 친구들도 연락이 안 된다고 걱정하더라……. 선생님, 제가 아직 중학생인 줄 아시는 건 아니죠? 걱정 안 하셔도 될 만큼 잘 지냈어요…….

미닫이문 틈으로 새어 나오는 말소리가 들리다 끊기다 했는데, 그가 무슨 말끝에 교도소 어쩌고 했다. 혹시 전과자? 나는 숨을 삼켰다.

"처음도 아닌걸요, 뭐."

교도소가 처음이 아니라고? 대체 뭐 하는 사람이지?

"언니, 거기서 뭐 해?"

동화였다. 나는 쉿! 하며 동화의 말을 막느라 이어지는 할머니의 말을 듣지 못했다. 찜찜했지만 뒤꿈치를 든 채 얼른 그곳을 벗어났다.

"현관에 남자 신발 있던데, 누가 왔어?"

"할머니 제자. 근데 좀 이상한 사람 같아."

"그래?"

동화도 그에게 호기심이 이는 모양이었다. 며칠 사이 동화의 표정이 좋아지고, 먼저 말도 걸어 주어 마음이 놓였다. 노크하자 할머니가 들어오라고 했다. 알바트로스는 미소를 띠며 동화에게 반갑다고 했다. 동화와 나는 얼른 방을 나왔다.

"언니, 저분 예술가 아닐까?"

그에게서 자유인 분위기가 나는 건 사실이었다. 하지만 교도소 어쩌고 하는 말을 들은 터에 얼른 대답할 수 없었다.

"어? 글쎄."

내가 시큰둥하게 말해서인지 동화도 더는 그에 대해 말하지 않았다.

10분쯤 지나 할머니와 그가 방에서 나왔다. 두 사람은 여전히 열에 들뜬 표정이었다. 할머니가 우리를 불러 모아 그에게 인사를 시켰다.

"오늘은 귀한 손님이 왔으니 삼겹살 파티다!"

아싸, 굿, 환호가 터져 나왔다.

때맞추어 복지사 모임에 갔던 해리 이모가 돌아왔다. 할머니는 알바트로스에게 우리 집의 든든한 후원군이라며 해리 이모를 소개했다.

할머니는 알바트로스와 시장에 다녀올 테니, 해리 이모와 우리에게 삼겹살 구울 준비를 하라고 했다.

"삼겹살은 역시 신문지를 깔고 먹어야 제맛이야."

아진이 말하고는 늘 그랬듯 신문지를 거실 바닥에 깔았다. 동화와 나는 휴대용 가스버너와 불판, 앞접시를 비롯해 가위와 집게, 숟가락과 젓가락을 가져다 놓았다. 혜림은 기름장과 쌈장을 챙기고 양파와 마늘, 파채는 가영의 몫이었다. 해리 이모는 밥과 김치, 밑반찬을 준비했다.

그가 어떤 사람이든 손님이 온다는 건 좋은 일이었다. 모두 소풍이라도 가는 것처럼 들떠서 재빠르게 움직였다.

"알바트로스 말이야, 별명인 것 같은데 무슨 뜻이지?"

"그거 새 이름이야."

아진의 물음에 혜림이 어깨를 들어 올리며 말했다. 학교에서 본 환경 다큐멘터리의 주인공이라고. 인간들이 무분별하게 버린 쓰레기들을 아기 새에게 물어다 주는데, 그걸 먹은 아기 새들과 어미 새들이 죽어 갔다. 혜림은 알바트로스의 뱃속을 찍은 사진을 보여 주었다. 플라스틱을 비롯해 온갖 오물들로 가득 차 있었다. 혜림은 우리가 왜 플라스틱을 사용하지 말아야 하는지 열을 올렸다.

"갑자기 환경운동가라도 되신 거 같네?"

아진이 입을 실룩이며 말했다.

"뭐, 내가 좀 그런 면이 있긴 하지."

혜림이 턱을 들어 올렸다.

"평소에 분리수거라도 좀 해 보는 건 어때?"

"됐으니까 언니나 잘하세요."

"너넨 싸워도 될 걸 장난을 치냐?"

내 말에 그런가? 하면서 아진과 혜림이 웃었다.

별명이 하필 새 이름이냐, 타투까지 한 것을 보면 그 새에 얽힌 무슨 사연이 있는 거다, 이름도 그렇고 타투도 그렇고 엉뚱해 보이는 게 그 선생님에 그 제자다…….
 우리가 다른 누군가에게 관심을 두고 이야기를 나누기는 오랜만이었다.
 할머니와 알바트로스는 장바구니 가득 장을 봐 왔다. 내가 고기를 접시에 담고, 해리 이모가 쌈 채소를 씻어 내오는 동안 모두 불판 앞에 둘러앉았다. 할머니가 자기소개를 하자고 했다. 모두 쭈뼛거렸다. 우리를 둘러본 알바트로스가 옆에 앉은 아진을 지목했다.
 "제가 우리 집 문제아예요. 저 때문에 할머니 주름살이 늘어요. 며칠 전에도 하나 더 생겼어요."
 "자신을 문제아라고 말하는 문제아는 본 적이 없는데."
 알바트로스의 말이 약간 어색했던 분위기를 단박에 풀어 주었다.
 "제 이름은 한동화이고, 그림 그리는 걸 좋아해요."
 "오, 화가 선생님?"
 동화가 수줍어하며 그건 아니고요, 라고 하며 고개를 저었다. 다음은 혜림의 차례였다.
 "보시다시피 피부가 까무잡잡한데 엄마가 베트남 사람이라 그래요. 전에는 제 피부가 싫었는데 지금은 마음에 들어요. 요즘 일부러 태우는 사람도 많잖아요. 게다가 부드럽거든요."
 알바트로스가 엄지를 들어 올렸다. 혜림이 신이 난 강아지처럼 턱을 내밀며 손가락으로 브이를 그렸다.

가영은 알바트로스를 향해 우리 집에 오신 것을 환영합니다, 하고는 자리에서 일어나 요즘 핫한 춤 동작을 보여 주어 박수를 받았다.

내 차례가 왔는데 막상 소개할 말이 떠오르지 않았다.

"게으른 중2 희야예요. 고독을 씹는 게 취미고요."

혜림과 아진이 눈을 마주치며, 웃음을 참는 표정이었다.

"고독은 많이 씹을수록 좋아. 왜냐하면, 씹을수록 깊은 맛이 나거든."

고기도 아니고 씹을수록 깊은 맛이 나는 건 뭐람. 뭐, 둘 다 고자 돌림이니 사촌쯤 되는 건가?

"이 언니는 머릿속에서 지진이 자주 나요."

혜림이 장난스럽게 말했다.

"지진이 땅이 아니라 네 머릿속에서? 네가 바로 지구를 구한 애구나."

아이들이 큭큭거렸다.

"알바트로스, 너도 소개해야지?"

알바트로스는 예, 하고 불판에 삼겹살과 양파, 마늘을 올려놓은 뒤 말문을 열었다.

"나로 말할 것 같으면 철학자야. 개통철학자. 오늘은 어제와 다르게, 내일은 오늘과 다르게 뭔가를 만들어 가며 살고 싶은 사람이지. 요즘 말로 갓생!"

아이들은 이 분위기는 뭐지? 하는 눈빛으로 돌아가며 눈을 맞추었다.
"내가 좋아하는 철학자 할아버지가 있는데, 니체라고. 별명이 망치를 든 철학자야. 기존의 질서를 부수는 걸 좋아했거든. 그 할아버지 말이 위험하게 살라는 거야. 지금까지는 그렇게 살지 못했는데 앞으로는 그렇게 살아 보려고."
"왜 위험하게 살아요? 안전하게 살아야죠."
터져 나오는 웃음을 참는 표정으로 혜림이 반박했다.
"안전하기만 하면 나아지는 게 없거든. 실패하더라도 가슴 뛰는 일을 해야지."
이건 또 뭔 소리? 하는 듯 눈빛을 주고받으며 아진과 혜림이 킥킥거렸다. 그는 개의치 않고 말을 이었다.
"비슷한 말인데, 인생은 폭풍우가 지나가기를 기다리는 것이 아니라 폭풍우 속에서 춤을 추는 거라고 하더라……."
뭔가 생각하게 하는 말이었다. 아이들은 조금 전부터 지글지글 소리를 내며 익어 가는 삼겹살에 더 관심이 가는 눈치였다. 고소한 냄새가 거실에 진동하자 하나둘 입맛을 다시기 시작했다.
"근데요, 개똥철학자 아저씨. 삼겹살은 언제 먹어요?"
혜림의 말에 모두 풋, 하고 웃음을 터뜨렸다.
알바트로스는 아, 고기가 다 익었네, 하면서 집게로 고기를 뒤집은 뒤 먹기 좋게 잘랐다. 한두 번 해 본 솜씨가 아니었다. 가영이 마시멜로를 불판에 얹었다.

어서 먹으라는 할머니의 말이 떨어지기가 무섭게 우리는 고기를 날름날름 집어 먹었다. 그는 할머니가 비건이라는 걸 모르는 듯 할머니의 앞접시에 고기를 놓으려고 했다. 할머니가 나는 괜찮아, 하며 손을 내저었다.

"왜요? 고기 안 드세요?"

"그렇게 됐어."

그는 이 맛있는 걸 안 드시다뇨, 하는 표정을 지으며 아진 앞으로 고기를 내밀었다.

"와, 대박 맛있어요."

짱이다, 고기 맛이 진심이다, 이래서 삼겹살 삼겹살 하는 거다, 돌아가며 한마디씩 더했다. 불판에 고기가 남아날 새가 없었다. 할머니는 우리에게 천천히 꼭꼭 씹어 먹으라고 했다. 가영이 할머니 앞접시에 마시멜로를 가져다 놓았다.

"할머니, 드셔 보세요. 겉바속촉이에요."

겉바속촉? 알바트로스가 묻자 가영이 겉은 바삭, 속은 촉촉이라고 알려 주었다. 알바트로스는 자기가 바로 마시멜로 같은 사람이라고 해서 웃음을 자아냈다. 해리 이모가 고기를 뒤집고 자르는 것을 거들었다.

"선생님, 이렇게 빙 둘러앉아서 먹으니까 운동장에서 삼겹살 구워 먹었던 게 생각나요."

할머니는 고개를 끄덕이며 그랬었지,라고 했다.

"학교에서 삼겹살도 구워 먹었어요?"

동화가 눈을 동그랗게 뜨며 물었다.

옛날엔 그랬다고 말하며 할머니가 미소를 띠었다.

"사실은 몰래 먹었어. 토요일 오후에 텅 빈 학교에 남아서. 삼겹살뿐이냐, 비빔밥도 해 먹고 김밥에 떡볶이, 잡채까지……."

알바트로스는 자랑하듯 어깨에 힘을 주며 가슴을 뒤로 젖혔다. 오랜만에 듣는 잡채였다. 할머니와 나 사이에 잡채는 목에 걸린 가시 같은 음식이었다. 내가 다시 잡채를 먹을 수 있는 날이 올까.

"와, 재밌었겠다. 몰래 먹는 게 더 맛있잖아요."

혜림이 고기를 입에 넣으려다 말고 말했다.

"훔쳐 먹는 게 더 맛있지."

알바트로스가 눈을 찡긋했다.

"맞아요, 훔쳐 먹는 것처럼 맛있는 건 없죠."

"너, 훔쳐 먹어 봤구나?"

"제가 훔친 건 아니고, 아빠가 우유를 훔쳐서 저한테 먹였대요. 엄마가 저를 낳고 베트남으로 돌아가서 젖을 먹일 수가 없어서요. 근데 제가 우유를 너무 맛있게 먹더래요. 먹고 나서 배탈이 났지만요."

그저 웃을 수만은 없는 이야기인데 혜림이 장난기 어린 표정을 지어 모두 웃고 말았다. 혜림이 조금 더 커서는 옷장이나 이불장에 먹을 것을 숨겨 놓았다. 어디다 숨겼는지 까먹어서 곰팡이가 피거나 썩기도 했다. 친구 집에 놀러 갔다가 사료인지 모르고 개나 고양이 사료를 먹기도 했다. 하마터면 개나 고양이가 될 뻔했는데, 어쩌다 보니 사람이 됐다고, 혜림이 왈왈 야옹, 하며 개와 고양이를 흉내 냈다. 요즘도 깡이와 쫑이 사료를 입에 넣으려고 할 때가 있다고 해서 우리는 또 한바탕 웃었다.

"내가 훔쳐 먹은 걸 다 합치면 한 수레는 될 거야. 남의 밭에서 참외랑 수박 같은 거 말이다."

그런 일은 시골에서는 흔한 일이고, 알고도 눈감아 주는 주인이 많았다. 들키면 밭일을 하는 벌이 돌아왔지만, 그것마저도 즐거웠다.

"개똥철학자 아저씨. 우리 가족, 좀 이상하지 않아요? 할머니와 이모, 아이 다섯."

가영이 무슨 생각을 했는지 뜻밖의 질문을 던졌다.

"이상하기는, 아름다운 가족이지."

가족이란 서로 모자라는 부분을 채워 주고 돌보는 사람들이었다. 그러니까 꼭 혈연이 아니라도 가족이 될 수 있었다. 앞으로는 우리 같은 가족뿐만 아니라 새로운 유형의 가족이 늘어날 거라고 했다.

내가 절망하고 고민한 것들을 단번에 날려 주었다고나 할까, 신선했다. 그의 말대로라면 우리는 앞서가는 가족이었다. 아이들도 나와 생각이 같다는 눈빛이었다. 할머니와 해리 이모도 미소를 띠며 고개를 끄덕였다.

삼겹살은 언제 먹어도 맛있는데 오늘따라 더 맛있었다. 알바트로스와 우리는 죽이 잘 맞았다. 그는 다정하고 따뜻한 사람으로 보였다. 문득 내 아빠도 이런 사람이었으면 좋겠다는 생각이 들었다.

저녁 식사 시간이 끝난 것을 모두 아쉬워했다. 할머니와 알바트로스는 막걸리와 두부, 김치를 챙겨서 철학자의 방으로 들어갔다.

"개똥철학자 아저씨 말이야, 날라리 같지 않냐?"

혜림이 눈썹을 들어 올리며 말했다. 타투로 보나 꽁지머리로 보나, 풍기는 분위기가 그렇다고.

"맞아, 학교 다닐 때 사고뭉치였을 것 같아. 할머니 속 많이 썩였을 게 뻔해."

가영이 웃으며 말했다.

"그래도 누굴 때렸을 것 같지는 않아."

아진이 왜 그 말을 하는지 알기 때문에 우리는 입을 다문 채 서로 바라보았다.

"포스는 예술가인데, 은근 정의파였을 것 같아. 친구들한테 인기도 많고."

동화가 말했다.

"그건 그래, 나처럼."

혜림이 으스대며 말하자 가영이 또 시작이다, 하며 웃었다.

각자 표현은 달랐지만 모두 그에게 호감을 느끼고 있는 것은 분명해 보였다.

할머니와 알바트로스는 할 말이 많은 듯 철학자의 방에서 늦도록 나오지 않았다.

배가 불러서 쉽게 잠이 올 것 같지 않았는데, 막상 눕자 눈이 스르륵 감겼다.

오늘은 모처럼 일찍 일어났다. 해리 이모가 식사 준비 하는 것을 거들고, 깡이와 종이 밥도 챙겼다. 하루의 시작으로는 꽤 괜찮았다.

우리가 아침 식사를 마칠 때까지도 알바트로스는 일어나지 않았다. 게으른 사람이 나 말고 또 있다는 데 은근히 안도감이 느껴지고, 그가 가깝게 다가왔다.

해리 이모와 내가 설거지를 막 끝냈을 때 그가 거실로 나왔다. 할머니가 잠은 좀 잤느냐고 묻자 그는 오랜만에 깊은 잠을 잤다고 했다. 할머니의 얼굴에 미소가 번졌다.

그는 지금 자기가 처한 사정을 스스럼없이 말해 주었다. 친구에게 돈을 빌려줬는데 친구가 돈을 갚기는커녕 누명을 씌워 교도소에 갔다고. 그사이에 아내가 딸과 함께 자취를 감추는 바람에 돌아갈 집이 없어졌다고.

그가 교도소에 다녀왔다는 것이 더는 무섭게 느껴지지 않았다.

"일어났던 모든 일은 다 잘된 일이야. 네가 지금보다 안 됐을 수도 있는데 천만다행이지. 네가 사고를 당해서 다쳤다고 생각해 봐라. 그건 정말 끔찍한 일이잖아."

할머니다웠다.

"개똥철학자 아저씨도 우리 가족 해요."

혜림이 말했다.

"나를 가족으로 받아 주겠다는 거니?"

"할머니가 허락하시면요."

"물론이지, 알바트로스가 좋다면."

알바트로스는 자신만의 시간을 가진 뒤 다시 오겠다고 했다.

존재의 이유

복지관에서 걸려 온 전화를 받은 할머니는 점심도 거르고 부랴부랴 나갔다. 어젯밤 집에 간 아진에게 무슨 일이 있는 모양이었다. 친구들과 어울려 술을 마시고 응급실까지 간 게 얼마나 됐다고. 해리 이모도 한숨을 내쉬었다. 지갑이 또 없어졌다는 거였다. 이번에는 그냥 넘어가서는 안 될 것 같았다. 혜림과 가영의 방을 노크하고 들어갔다. 둘은 머리를 맞대고 뭔가를 적고 있었다.
 "니들, 뭘 그렇게 열심히 해? 방학 숙제?"
 "숙제보다 더 중요한 거."
 혜림의 표정만 봐도 뭘 하는지 알 수 있었다. 혜림은 엄마를 찾겠다며 한 달에 한 번씩 베트남의 한 방송국에 편지를 썼다.

벌써 다섯 번이나 보냈는데 답장은 오지 않았다.
혜림이 내게 읽어 보라며 편지를 내밀었다.

안녕하세요? 저는 한국에 사는 초등학교 6학년 '신혜림'입니다. 엄마를 찾고 싶어서 편지를 씁니다. 엄마 이름은 '도 티 화이'이고 나이는 마흔 살이에요. 엄마는 저를 낳고 반년 만에 베트남으로 돌아갔어요. 저는 엄마 얼굴도 기억하지 못해요. 그래서 더욱 엄마가 보고 싶어요. 엄마를 볼 수 없다는 건 세상에서 가장 슬픈 일이에요……. 엄마도 저를 보고 싶어 할 거예요. 제가 아이였을 때 엄마와 찍은 사진과 최근 제 모습을 찍은 사진을 보내 드립니다. 엄마를 만날 수 있게 도와주세요!

한 달 전에 쓴 것과 내용은 다르지 않았지만, 문장이 매끄럽고 울림이 있었다. 호소력이 있다고 하자 혜림이 으쓱하며 엄마를 만나면, 모두 베트남으로 초대하겠다고 했다. 머지않아 그날이 올 거라고 믿는 눈빛이었다.
"너는 좋겠다. 엄마도 찾을 수 있고, 재혼했지만 아빠도 있고. 나는 아무도 없는데."
평소의 가영이라면 하지 않을 말이었다.
"가영이 너, 왜 갑자기 그런 말을 해?"
"그냥 한번 들어 주라."
가영은 금방이라도 눈물을 쏟을 표정이었다.

"알았으니까 울지는 말고."

혜림이 가영의 손을 잡았다.

"초등학교 4학년 때 엄마가 심장마비로 돌아가셨어. 나는 그것도 모르고 1년 동안 매일 엄마를 기다렸어. 아빠가 말해 주기 전까지. 기다리면 오는 거랑 기다려도 안 오는 거랑은 달랐어. 근데 아빠까지……."

가영의 아빠는 공사장에서 사고를 당해 오른쪽 팔다리를 못 쓰게 되었다. 전세금을 빼서 둘이 모텔을 옮겨 다니며 살았는데, 어느 날 잠에서 깨어 보니까 방바닥에 술병이 나뒹굴고, 아빠가 숨을 쉬지 않았다. 사인은 뇌출혈이었다.

가영은 엄마와 아빠가 그렇게 된 게 모두 자기 탓인 것 같았다. 입안에서 말이 뱅뱅 돌 뿐 나오지 않고, 어쩌다 말을 해도 더듬었다. 우리 집에 온 뒤에도 한동안 그랬는데, 해리 이모와 대화하면서 말문이 트였다.

혜림이 가영을 껴안았다.

"누구한테든 이 말을 꼭 한번 하고 싶었어. 그래야 모든 걸 받아들일 수 있을 것 같았거든."

"가영아. 잘했어."

"언니. 들어 줘서 고마워."

"고맙긴. 나는 부모님이 누군지, 살아 있는지 죽었는지도 몰라. 너는 부모님과 함께 한 추억이라도 있잖아. 그러니까 힘내."

가영과 혜림이 양쪽에서 나를 안았다.

"언니, 미안해!"

누가 먼저인지 모르게 훌쩍거렸다.

"내가 물어볼 게 있어서 방에 들어왔는데 깜박했다. 혹시 핑크색 지갑 본 사람 있어? 해리 이모 건데."

혜림과 가영이 고개를 저었다.

"그럼 됐어. 너희는 못 들은 거로 하는 게 좋겠다."

어느새 방에 들어온 해리 이모가 말하고 이내 방을 나갔다. 가영과 혜림의 표정이 굳었다.

현관문 열리는 소리가 나고, 동화가 들어왔다. 방문이 열려 있어 우리를 봤을 텐데, 투명 인간처럼 대하고 제 방으로 들어갔다.

"동화 언니, 왜 또 저래?"

"너도 기분 안 좋을 때 있잖아. 저럴 때는 그냥 힘든가 보다, 하고 봐줘."

"뭐, 동화 언니야 희야 언니가 있으니까 걱정할 필요는 없겠지."

가영이 혜림의 팔을 툭 쳤다.

"수박 먹자."

해리 이모가 우리를 불렀다.

수박바! 수박을 네모로 잘라 아이스크림 틀로 눌러 살짝 얼린 거였다. 이모 손을 거치면 뭐든 맛도 모양도 달랐다. 내 입에 딱 맞고, 때로 마음을 달래 주었다. 수박은 달고 맛있었지만, 방에서 나오지 않는 동화가 못내 마음에 걸렸다.

나는 동화에게 톡을 보냈다.

— 동화야, 나랑 밖에 나가자.

동화는 톡을 읽고도 한참 대꾸가 없다가 쭈뼛거리며 거실로 나왔다.

"언니, 요즘 미술학원에 다니려면 돈 많이 필요하지? 물감이랑 붓이랑 그런 거 사려면 말이야."

소파에 앉아 TV를 보고 있던 혜림이 기다렸다는 듯이 동화에게 물었다.

"어?"

동화는 혜림이 왜 그런 걸 묻는지 모르는 눈치였다.

"그만해라."

내가 눈을 흘겨도 혜림은 멈추지 않았다. 기어이 동화에게 핑크색 지갑을 봤냐고 물었다. 동화가 얼떨떨한 표정으로 나를 바라보았다.

나는 얼른 동화의 손목을 잡고 현관문을 나섰다. 혜림이 뒤통수에 대고 맨날 동화 편만 든다고 툴툴거렸다.

"언니, 해리 이모 지갑 없어졌어?"

집을 벗어나 50미터쯤 걸었을 때 동화가 물었다.

"응. 어제 집에 가서 보니까 지갑이 없더래."

"혜림이가 나 의심하는 거야?"

"그건 아니고, 자기를 의심하지 말라는 뜻이니까 마음 쓰지 마."

말없이 걷던 동화가 횡단보도 앞에서 말문을 열었다.

"사실은 며칠 전에 내 돈도 없어졌어. 수첩에 끼워서 서랍에 넣어 뒀는데."

"아진이가 그런 거지?"

돌려 말해 봤자 동화 입장만 곤란할 것 같아 콕 집어 말했다. 그건 잘 모르겠는데, 하고는 머뭇거리던 동화가 그동안 있었던 일을 털어놓았다.

아진이 친구들과 노래방 앞에서 번번이 동화에게 돈을 가지고 나오라고 했다. 야, 여기 네가 계산해. 저기 폐지 줍는 할머니한테 천 원만 주면 술이랑 담배 다 사다 줄 거야. 그런 식으로 동화가 태블릿 사려고 모아 놓은 돈을 야금야금 빼앗았다. 동화가 돈이 없다고 하거나 말을 듣지 않으면 남이 안 볼 때 꼬집기도 했다.

"그런 걸 왜 여태 말 안 했어?"

"언니랑 못 살게 될까 봐. 우리 집에 적응 못 하면 다른 데로 가야 하잖아."

콧잔등이 시큰했다. 그런 일 없을 테니까 안심하라고 했다. 동화는 내게 말한 데 대한 부담감을 느끼면서도 한편으로는 홀가분한 눈빛이었다.

"언니, 나 할 말이 있는데."

"그래? 그럼 우리 먹을 거 사서 공원에 가자."

과자와 음료수를 사서 이따금 가는 벤치로 갔다. 동화는 머뭇거리다가 말문을 열었다.

"실은 오늘 학원에서 애들 그림에 물통을 엎었어."

동화가 그랬다면 그럴 만한 이유가 있었을 터였다. 왜냐고 묻지 않고 동화의 눈을 바라보았다.

"애들이……."

얼마 전부터 학원 아이들이 돌아가며 동화의 그림을 찢었다. 며칠 전에는 자기들의 그림에 물을 쏟고는 동화가 그랬다고 선생님에게 일렀다.

"선생님한테 사실이 아니라고 말했어야지."

"실은……."

여자애가 동화에게 좋아한다고 고백했고, 동화는 얼떨떨했다. 동화가 마음을 받아 주지 않자 그 애가 다른 아이들과 함께 동화를 따돌리고 괴롭히기 시작했다. 그 애의 자존심을 지켜 주고 싶어 선생님에게 말할 수 없었다.

"말도 안 돼."

"근데 오늘……."

학원 분위기가 싸했다. 동화는 자신과는 상관없는 일이라고 여겨 그림 그리기에 열중했다. 그런데 선생님이 자리를 비우자 아이들이 동화를 비웃으며 낄낄댔다. 내숭 떨더니 레즈였어? 헐. 쓰레기잖아……. 동화에게 고백했던 애가 거짓 소문을 퍼뜨렸다. 동화가 자기에게 들이대서 싫다니까 협박한다고. 단톡방에 올라온 내용을 한 아이가 캡처해 동화에게 보내 주었다.

"그냥 지나가면 안 되겠다. 나랑 학원에 가자. 네가 못 하면 나라도 해 줘야지."

"아냐, 언니."

꼭 그것 때문은 아니라 동화는 학원에 다니고 싶지 않다고 했다. 혼자 상상하며 그림을 그릴 때가 더 좋다고.

진심이 담긴 눈빛이었다.

"그건 그거고 이건 다른 얘기잖아."

"그런 일로 시간 버리고 싶지 않아서 그래. 그 시간에 하고 싶은 거 해야지. 이모티콘 만들려고 캐릭터랑 메시지도 구상해 놨어. 요즘은 이모티콘 선 따고 컬러링하는 중이야. 플랫폼도 알아봤고. 시간이 좀 걸리겠지만 완성해서 올리기만 하면 돼."

얼굴이 환해진 동화는 어떤 것이든 노래처럼 흐르는 그림을 그릴 거라고 했다. 햇살이 동화의 정수리에 쏟아져 내렸다.

"언니, 기왕 나왔는데 달리기 어때?"

"야, 이 땡볕에서?"

동화가 고개를 끄덕였다.

동화가 우리 집에 온 지 1년쯤 지났을 때 동화 아빠가 돌아가셨다는 소식이 왔다. 장례식장에서 친척들이 동화를 서로 데려가겠다고 했다. 유산 때문이었다. 동화는 친척 집에는 가지 않겠다고 하고 우리 집으로 돌아왔다. 다음 날 새벽에 동화가 대문을 나서는 걸 보고 뒤따라 나갔다. 동화는 공원을 달렸고, 나도 따라 달렸다. 동화는 내가 뒤에서 달리는 걸 알아차리지 못했다.

와, 새벽 공기 좋다. 동화를 앞지르며 말했다. 아, 희야 언니? 동화의 목소리가 젖어 있었다. 얼굴은 눈물 콧물로 뒤범벅된 채였다. 그 뒤로 우리는 특별한 일이 없는 한, 일주일에 두 번씩 공원을 달렸다. 언니, 달리다 보면 슬픔이 사라지고 머리가 맑아져.

"그래, 달려 보자."

우리는 앞뒤 허벅지와 다리 근육을 풀어 주는 준비운동을 하고 나란히 섰다. 하나, 둘, 셋, 출발! 동화가 외쳤다. 우리는 동시에 발을 앞으로 내디뎠다. 처음에는 천천히 달리다가 점차 속도를 냈다.

"언니, 어깨에 힘을 빼고 턱을 당겨."

어라, 얘가 이제 훈수까지 두네.

"시선은 앞쪽 45도 아래에 두고, 팔꿈치는 90도로 굽혀."

손은 달걀을 쥐듯, 팔은 골반 옆을 스치게 휘저어라, 발바닥 전체로 착지하며 발을 내디뎌라. 복식호흡은 기본이고, 숨은 세게 들이쉬고 내쉬어라. 습습 후후, 습습 후후, 소리를 내며 달려라…….

주문이 끝도 없었다.

동화가 속도를 내는 바람에 나와의 간격은 점점 벌어졌다.

"야, 너 그동안 뭘 한 거야?"

동화는 새벽마다 혼자 공원을 달렸다. 그러는 동안 달리기가 힘이 세다는 것을 깨달았다.

"숨이 차서 죽을 것 같은 순간이 되면 머릿속이 텅 비어. 그 느낌이 좋아."

달리다가 멈춰 서서 돌아보면, 내가 저기를 지나 여기에 와 있네, 하는 생각에 뿌듯했다. 또 앞을 보면, 곧 저기에 가 있겠구나 싶어 두려움을 잊었다.

우리는 땀에 흠뻑 젖은 채 집으로 돌아왔다. 샤워한 뒤 낮잠을 잤다. 그야말로 꿀잠이었다. 낮잠에서 깰 때면 늘 가슴이 휑했는데, 오늘은 몸도 마음도 개운했다.

해가 저물자 더위가 한풀 꺾이고 바람도 선선했다. 아진의 일로 나갔다 돌아온 할머니는 아무 말이 없었다.

"아진 언니는요?"

모두 눈치만 보고 있는데 가영이 물었다.

할머니는 잠시 망설이는 듯하다가 말문을 열었다. 늘 그랬듯 우리에게 일어난 일은 특별한 경우를 제외하고는 모두가 알고, 이해해야 한다고 판단한 거였다.

아진이 오늘 오전에 복지관 아이들에게 피자와 치킨을 사 주었는데, 씀씀이가 과했다. 이상하게 여긴 아이가 선생님에게 알렸고, 그가 할머니에게 연락했다. 아진의 엄마도 모르고 있었다. 어제는 아진이 집에 가겠다고 떼를 써서 집에 데려갔는데, 오늘은 일찍 나가서 아직 돌아오지 않았다.

대략 그림이 나왔다. 해리 이모와 눈이 마주쳤다.

"해리 이모 지갑이 없어졌어. 벌써 두 번째야. 저번에 개 응급실간 날이랑 어제."

내가 말하자 할머니가 해리 이모에게 사실이냐고 물었다.

"제가 지갑 간수를 못 해서……. 죄송합니다."

"그건 아니니, 걱정하지 마세요."

할머니는 아진의 엄마와 통화하면서 아진이 집에 돌아가면 꼭 연락하라고 당부했다.

저녁 식사를 마쳤을 때까지도 아진의 소식은 오지 않았다.

나는 할머니에게 동화가 미술학원을 쉬고, 혼자 그림을 그리고 싶어 하는 걸 전했다. 할머니는 다른 이유가 있는 건 아니냐고 물었다. 캐릭터를 구상해서 이모티콘을 만들고 있다고 하자 동화를 대견해했다. 아이들과 동화 사이에 있었던 일에 대해서는 말하지 않았다. 할머니가 나였더라도 그랬을 테니까.

밤이 되자 할머니는 또 〈자클린의 눈물〉을 들으며 소주를 마시고는 밖에 나갔다가 한참이 지나서야 돌아왔다.

한밤중에 어디에 다녀온 것일까. 혹시 남친? 마음이 어수선했다.

이럴 때 왜 하필 유노가 생각나는지 모르겠다. 유노는 요즘 엄마와 함께 전시회를 보러 다니고, 주말이면 아빠와 자전거 하이킹을 떠났다. 손가락은 두었다 뭐에 쓰려는지 톡 한 번 하지 않았다. 내가 먼저 하는 것은 왠지 자존심이 상했다. 그러느니 마음으로 불러내는 편이 나았다. 눈으로 볼 때와 달리 여백이 존재하니까. 그 여백을 그리움이라고 하는지도 모른다.

*

모두 밖에 나가고 혼자 뒹굴뒹굴하고 있는데 알바트로스가 찾아왔다. 오후 3시가 막 지날 무렵이었다. 커피를 내려 들고, 철학자의 방을 노크했다.

"희야라고 했지?"

"예."

"예쁜 이름이구나."

"기쁜 아이라는 뜻이에요. 기쁠 희, 아이 아. 희아인데 보통 희야라고 불러요."

"할머니가 지어 주셨니?"

"예. 저한테 기쁜 일이 일어나라고 마법을……."

역시 선생님이라고 말하는 그의 눈은 할머니를 믿으며 존경한다고 말하고 있었다.

"내가 선생님을 처음 만났을 때 얘기해 줄까?"

할머니 얘기라면 별로 듣고 싶지 않았지만 내색할 수 없었다.

"중학교 땐데 내가 가출을 했거든."

가출이라는 말을 듣는 순간, 귀가 번쩍 열렸다.

"왜요?"

그가 눈을 찡긋하며 말문을 열었다.

"그때는 모두가 내 편이 아닌 것 같았어. 지구에 나 혼자 남겨진 느낌이고. 세상이 폭삭 망해 버렸으면 좋겠더라."

할머니가 엄마가 아니라는 걸 알았을 때, 나도 비슷한 기분이었다.

"저도 그런 적 있어요."

"너도 해 본 거냐? 가출 말이다."

나는 고개를 끄덕였다.

"많이 힘들었나 보네."

죽고 싶을 만큼이요, 하고 싶은 걸 참았다. 같은 경험을 해 본 사람들만 가질 수 있는 연대감이라고나 할까, 그가 한층 가깝게 느껴졌다.

"그랬죠."

"가출했을 때 기분이 어땠어?"

그날을 생각하면 아뜩했다. 얼른 대답이 나오지 않았.

엄마인 줄만 알았던 할머니가 나를 낳지 않았다고 말한 다음 날이었다. 전날처럼 해가 뜬다는 걸 믿을 수 없었다. 나는 전날의 나일 수 없었다. 집을 나서면서 내가 그때까지 지나온 길과는 다른 길이 펼쳐질 거라고 예감했다. 돌아가고 싶어도 이미 길은 사라지고 없다는 것을. 학교에서는 종일 엎드려 있었다. 급식도 먹지 않았다. 학교가 파한 뒤 집과 반대 방향으로 가는 버스를 탔다. 세상이 무너져 버린 것 같은데도 전날 잠을 못 잔 탓인지 졸음이 밀려왔다. 학생, 종점이야. 일어나, 학생! 기사가 깨우는 소리에 눈을 떴다. 버스에는 기사와 나밖에 없었다. 버스에서 내려 주변을 둘러보았다. 사람은 없고, 텅 빈 버스들만 늘어서 있었다.

버스들을 돌아보며 노선을 확인했다. 마침 집 쪽으로 가는 버스에서 시동 거는 소리가 났다. 어디에 숨어 있다가 나타나기라도 한 것처럼 사람들이 하나둘 버스에 올랐다. 더 늦기 전에 버스를 타야 한다는 생각이 들었다. 어스름이 내리는 창밖의 풍경은 한없이 쓸쓸하고 낯설었다. 피로가 몰려오고 배에서 꼬르륵 소리가 났다. 평소라면 집에 돌아갈 시간이 훌쩍 지났는데도 할머니에게서 연락이 없었다. 내가 사라져 버리기를 기다린 건가? 그동안 내가 성가시고 귀찮았을지도 모른다고 생각하니 설움이 북받쳤다. 세상에 혼자 남겨진 느낌이고, 눈앞이 캄캄했다. 날이 저물수록 날씨는 써늘해졌다. 몸이 떨리기 시작했다. 집이, 푹신한 침대가 있는 내 방이 그리웠다. 집 말고는 아무 데도 갈 데가 없었다. 다리에 힘이 빠지고 걸음이 꼬였다. 하늘이 빙글빙글 돌다가 기어이 땅으로 내려앉았다. 순간, 몸이 낭떠러지 아래로 내리꽂히는 느낌이었다. 다시 눈을 뜬 곳은 병원이었다. 팔에는 수액 주사 바늘이 꽂혀 있었다. 사물이 흐릿하게 보였다. 일어나려고 몸을 뒤척이는데 희야, 희야, 부르는 할머니의 목소리가 들려왔다. 어렸을 때 아파도 울지 않아 한의원에서 침까지 맞았다는데, 눈물이 쏟아졌다. 한번 울음이 터지자 걷잡을 수가 없었다. 할머니는 말없이 내 이마와 볼을 쓰다듬었다. 병원을 나와 집으로 오는 길에 할머니가 내 손을 잡았다. 전에는 둘이 손을 잡고 걸으면 마냥 좋았다. 그날은 주눅이 든 채 느릿느릿 걸었다. 할머니도 자꾸 헛발을 디뎠다.

"무서웠어요. 혼자라는 게."

"그래, 나이를 이렇게 먹었는데도 혼자라고 생각하면 끔찍해. 세상에서 제일 무서운 건 외로움이야."

그는 도리질 치며 가출은 두 번 할 건 못 된다고 했다. 내 생각도 그랬다.

할머니를 처음 만났을 때 이야기를 해 준다더니 뜬금없이 가출 이야기는 뭔가.

그는 내가 궁금해하는 걸 눈치챈 듯 미소를 띠었다.

"집을 나와서 헤매고 다니다 보니까 배가 고프더라. 분식집에 가려다가 카페에 갔어. 집도 나왔는데, 폼을 좀 재고 싶었다고나 할까, 아무튼 기분이 그랬어."

이국적인 분위기의 카페 앞을 기웃거리다가 담배를 피우고 있는 여자를 보았다. 카페보다 담배 피우는 여자가 더 드문 시절이었다. 갈색 폴라티에 베이지색 파카, 청바지를 입고 야구 모자를 쓴 여자였다. 모자 밖으로 노란색으로 물들인 머리칼이 비어져 나왔다. 찢어진 청바지에 노랑머리 여자는 더욱 드문 시절이었다.

여자가 그를 빤히 바라봤다. 그는 얼른 돌아섰다. 여자의 눈길이 뒤통수에 달라붙는 것을 느꼈다. 설마 가출한 걸 알고 신고하는 건 아니겠지? 그런 걱정을 하면서 카페 안으로 들어갔다. 쿠키를 보는 순간, 입에 침이 고였지만 마음을 접었다. 커피를 마시며 이제 어떻게 해야 하나 생각하던 중에 우연히 옆자리로 눈길이 갔다. 카페 앞에서 담배를 피우던 여자였다. 커다란 배낭이 의자 옆에 놓여 있었다. 여행을 가는 건가? 여행을 온 건가? 왠지 다른 곳에서 온 사람이라는 느낌이 들었다. 미인이라고 할 수는 없지만, 키가 크고 이목구비가 시원시원했는데, 어딘지 모르게 호감이 가는 인상이었다. 카페 밖에서 담배를 피울 때와는 다른 분위기였다. 이거 먹을래? 그녀가 쿠키를 내밀며 물었다. 약간 쉰 목소리가 매력적이었다. 아뇨. 그녀는 살짝 미소를 지으며 쿠키를 그가 있는 쪽에 내려놓았다. 너, 중학생이지? 어느 학교 다녀? 가출했는데, 학교 이름을 말할 수는 없었다. 다른 시에 있는 학교라 잘 모르실 거예요. 친척 집에 놀러 왔거든요. 그래? 중학교 1학년이니? 아님, 2학년? 2학년이요. 그녀는 잠시 무슨 생각에 잠긴 듯했다. 대한민국 중2는 예나 지금이나 폭탄 취급을 받았다. 중3이라고 할걸, 후회가 밀려왔다. 그만 자리에서 일어나고 싶었다. 그런데 여자의 눈이 그를 놓아 주지 않았다. 무슨 일 있니? 혹시 가출한 거야? 하고 묻는 것 같았다. 얼른 자리를 벗어나야지 하면서도 우물쭈물하다가 기회를 놓쳤다. 그녀는 고민이 많을 때네, 하며 말을 이었다. 지금 그 화를 풀지 않으면 더 힘들어진다. 차라리 폭발하는 게 낫다. 폭발은 생판 모르는 남에게 하는 게 좋다. 그래야 뒤탈이 없다.

듣고 보니 그럴듯했다. 그래도 처음 보는 여자에게 고민을 털어놓을 수는 없었다. 저 고민 같은 거 없어요. 그래? 그럼 세상에서 없애 버리고 싶은 건 있어? 팔아 버리고 싶은 거라든지. 예?

나는 그런 게 너무 많거든. 그중에서 가장 먼저 팔아 치우고 싶은 건 나야. 근데 사 가는 사람이 없네. 벌써 몇 년째 할인 중인데 아무도 안 사 가. 이러다가 수거 비용을 내야 가져가는 폐기물이 될지도 몰라. 그 말만 아니었어도 그녀에게 속마음을 털어놓지는 않았을 것이다. 부모님은 말끝마다 넌 누구를 닮아 이 모양이냐, 형처럼 공부해라, 형처럼 운동해라, 형처럼 옷도 입고…… 형처럼, 이라는 말만 들어도 머리칼이 쭈뼛 섰다. 형이 사라져 버렸으면 좋겠다는 생각까지 들었다. 그런데 형이 정말 사라졌다. 친구 오토바이를 타다가 사고가 난 거였다. 그는 자신이 형을 그렇게 만든 것만 같았다. 털어놓고 나니 속이 후련했다. 그녀는 쪽지에 주소를 적어 주면서 힘들 때 자기를 찾아오라고 했다. 얼떨결에 그걸 받아 들기는 했지만, 그녀를 찾아갈 생각은 없었다. 문제는 다음 날 그녀가 학교에 부임한 거였다. 국어 선생님!

"그러니까 그 여자가 우리 할머니였다는 거예요?"

"그렇지."

"와, 할머니 짱! 재미있었겠어요."

"재미 정도가 아니었지."

노랑머리에 찢어진 청바지 차림은 아니었지만, 부임 첫날부터 미니스커트에 포스도 장난이 아니었다. 하루하루가 지루하던 아이들에게는 역대급 건수가 생긴 셈이었다.

그때부터 할머니는 별종이었구나 싶으니 웃음이 나왔다.

"학교 분위기 쩔었겠네요."

"서프라이즈 그 자체였지."

그 학교는 지역에서 내로라하는 명문 중학교였고, 규율도 엄격했다. 미니스커트를 입고 출근하는 선생님은 개교 이래 할머니가 처음이었다.

"교장실에 자주 불려 가셨어."

옷차림 때문만은 아니었다. 선생님의 교육 방식이 문제였다. 교과서에 나오지 않는 시를 알려 주었고, 독서와 글쓰기 동아리를 만들었다. 주말에는 동아리 아이들과 등산을 가거나 운동장에서 음식을 만들어 먹었다. 아이들은 앞다투어 동아리에 들어갔다. 아이들 사이에서 동아리 회원들은 '지하 생활자들'이라고 불렸다. 뭔가 수상한 일을 도모한다고 그랬는데, 헛소문일 뿐이었다. 머리와 배의 다른 점이 뭔지 아니? 밥을 먹으면 배는 허기가 사라지는데 책은 읽을수록 머리는 허기가 진다는 거. 머리와 배 둘 다 존중해야 해. 아이들은 밥은 많이 먹었지만, 책은 읽지 않았다. 아이들이 동아리에 들어온 목적은 괴짜 선생님을 탐색하려는 것이었지 책을 읽거나 글을 쓰려는 게 아니었다. 책을 읽지 않는 아이들에게 선생님은 책을 건네주면서 야한 대목을 찾아오라고 했다. 그러면 선물을 주겠다고. 그 말에 솔깃한 아이들이 책을 읽었다. 선생님은 그 책과 노트를 선물로 주었다. 선생님의 자취방에는 가재도구가 별로 없고 책만 가득했다. 알바트로스는 선생님과 가까워지고 싶어서 책을 들었다. 소설이나 시보다 쉽게 풀어 쓴 철학책이 좋았다. 어느덧 책을 빼놓고는 삶을 생각할 수 없을 정도가 되었다. 고등학교에 진학한 뒤 소설을 읽기 시작했는데, 헤밍웨이의 『노인과 바다』에서 허무를 이겨 낸 노인의 삶에 망치 할아버지의 생각이 녹아 있다는 것을 발견했다. 그것이 철학을 전공한 계기가 되었다.

아이들과 선생님은 나날이 가까워졌고, 학교 분위기는 술렁거렸다. 담임들은 학부모에게 전화를 걸어 아이들을 그 동아리에서 나오게 하라고 부추겼다. 그러면 그럴수록 동아리 회원들은 끈끈해졌다. 책을 읽지 않던 아이들도 책을 읽기 시작했다. 글을 쓰면 두려움과 슬픔이 사라지고 마음이 깨끗해지는 걸 느낄 거야. 마음속에 있는 응어리가 풀어지고 상처가 낫는 거지. 상처 입은 조개가 모래알을 품어 진주를 만들 듯이 말이야. 글쓰기와는 담을 쌓았던 아이들이 노트를 펼쳤다.

선생님은 독서와 글쓰기 외의 공부를 권하지 않았다. 과외를 받거나 복습, 예습을 열심히 해 오는 아이들의 부모에게 연락했다. 아이를 놀게 해 주세요. 그 나이에는 잘 노는 게 중요합니다. 학부모들이 학교에 민원을 넣었다. 선생님은 거기에 굴하지 않았다. 방과 후에 원하는 아이들에게 북과 장구 꽹과리 치는 걸 가르쳐 주었다. 교장이나 교감에게는 눈엣가시였지만 아이들은 정반대였다.

"선생님은 언제나 우리에게 먼저 손을 내밀어 주셨어. 어떤 경우에라도 다독여 주시고. 설령 선생님을 배신한다고 해도 말이야."

교장, 교감이 아이들을 불러 선생님이 노동조합 불법 집회에 나간다며, 의식화 교육을 하느냐고 교묘하게 물었다. 술수에 넘어간 몇몇 아이들이 그렇다고 대답했다. 그 일이 일파만파로 번져 곤욕을 치르고도 선생님은 당당했고, 그 아이들을 웃음으로 대했다. 그중 한 아이가 커닝했을 때도 감싸 주었다.
"부디 먼저 사랑하고 더 나중까지 지켜 주는 이가 됩시다. 그 시처럼요?"
"그래, 가고 오지 않는 사람이 있다면 더 기다려 줍시다, 그렇게 시작하는 시였지?"
그는 할머니가 아이들과 어떻게 소통했는지, 아이들이 얼마나 할머니를 따랐는지 말해 주었다. 축제 때 할머니가 한쪽 바짓단을 걷어 올린 채 부른 〈골목길〉은 학교 방송국 매거진에서 아이들이 뽑은 노래 차트 1위의 자리를 한 달 연속 차지했다. 아이들은 할머니의 목소리와 몸짓, 글씨, 말투, 심지어 걸음걸이까지 흉내 냈다. 할머니에게 고민을 털어놓았고, 할머니는 말로 다 하지 못한 것은 편지로 답해 주었다. 할머니의 편지는 단어 하나, 구절 하나가 한 편의 시였다. 연애편지로 착각할 정도였다. 아이들은 할머니의 편지를 받고 싶어서 고민을 만들어 내기도 했다. 그도 다르지 않았다. 할머니의 편지를 읽으면 세상이 온통 빛으로 가득 찼다. 그는 교도소에 가기 전까지 할머니의 편지들을 간직했으며, 지금도 그 편지들을 찾고 싶다고 했다.
비나 눈이 오는 주말이면 '지하 생활자들'은 선생님의 자취방으로 우르르 몰려가 라면을 먹으며 비디오를 보았다. 그중에는 민망한 장면이 나오는 영화도 있었다. 이런 거 봐도 돼요? 하면서 아이들은 눈동자를 키웠다. 나 봐라, 중학교 때부터 야한 책을 많이 읽어서 국어 선생님이 됐잖니. 아이들은 주술에 걸리듯 선생님이 하는 말이라면 뭐든 믿고 받아들였다.

"선생님이 아니라 사이비 교주처럼 들려요."

"사이비 교주? 그보다 더하면 더했지, 덜하진 않았어."

나도 모르게 웃음이 비어져 나왔다.

"그리고 약속하셨어. 일종의 애프터서비스."

살다 보면 누구나 힘든 일을 만날 때가 있는데 그때 선생님을 찾아오라고 했다. 무한정 머물 수 있는 방과 밥, 술을 마련해 두겠다고. 그는 교도소에 있을 때 그 말을 떠올렸고, 출소하자마자 선생님을 찾아왔다. 선생님은 약속대로 '철학자의 방'을 만들어 두었다. 그 방에 들어서는 순간, 그는 가슴이 뭉클했다.

그런 선생님이 있다는 게 믿기지 않았다.

"한번은 내가 가방을 잃어버렸어."

할머니는 잃어버린 걸 너무 안타까워하지 말라고 했다. 그 가방은 누군가의 소중한 물건을 담고 있을 거라고. 인간이 가진 모든 것은 처음부터 갖고 있었던 게 아니라는 거였다. 인간은 혼자 살 수 없다는 뜻이기도 했다.

"그땐 몰랐는데 살다 보니 이해가 가더라."

"어른이 된 다음에요?"

"글쎄다. 어른? 나는 지금도 내가 어른이 되었는지 잘 모르겠다. 나이만 먹었다고 다 어른은 아니니까."

"그럼 어른은 어떤 사람이에요?"

"외로움이나 슬픔, 욕망으로부터 자유롭거나 의연한 사람 아닐까?"

선생님처럼, 이라고 그는 덧붙였다.

할머니는 의연하지 않다고, 혼자 소주를 마시고 아이처럼 울기도 한다고 말하려다 말았다.

그는 꼭 말하고 싶다는 표정으로 다시 말문을 열었다.

선생님은 다음 해에 다른 도시로 전근 갔다. 선생님이 떠나고 나서야 그는 선생님에 대한 막연한 감정의 실체가 무엇인지 알 수 있었다. 그것은 사랑이었고 연모였으며, 끝 모를 그리움이었다. 첫사랑! 고등학교 2학년 때 어머니가 돌아가셨는데 아무것도 할 수가 없었다. 선생님 얼굴 한 번만 보고 나면 뭔가 다시 할 수 있을 것 같았다. 아버지를 졸라 선생님을 만나고 왔다. 그 뒤로 대학입시를 준비할 수 있었다. 선생님에게 배운 꽹과리의 신명을 잊지 못해 대학교에서 풍물패 동아리 활동을 했고 자연스럽게 학생 운동으로 이어졌다. 구치소와 교도소를 수도 없이 드나들었는데 그럴 때마다 선생님의 응원에 힘입어 버틸 수 있었다. 세상에 단 한 명 자기편이 되어 줄 수 있는 사람이 그에게는 선생님이었다.

내가 몰랐던 할머니의 모습은 흥미로웠다. 그에게 할머니에 대해 더 듣고 싶었다. 언제까지 여기 있을 거냐고 물었다. 그는 내 일부터 일을 시작할 거라고 했다.

"잃어버린 나를 찾는 일이야. 그동안 친구와 돈, 가족을 잃은 줄 알았는데 사실은 나를 잃었던 거더라. 지금껏 뭐 하나 제대로 이룬 것이 없어. 모든 것은 나로부터 시작되는 거니까 나를 찾는 일부터 해 보려고."

할머니가 그것을 깨우쳐 주었다.

"다시 올 땐 선물을 가져올게. 갖고 싶은 거 있으면 말해 봐라. 나무로 만들 수 있는 것이면 뭐든지."

선배의 공방에서 일을 거들며 공예품을 만들 거라고 했다. 그는 약속을 지킬 거였다. 할머니의 제자니까.

"다시 오시는 게 선물이 될 거예요."

"희야는 선생님 손녀 맞네."

내가 할머니 손녀가 아니라고 생각했다는 건가? 혹시 내 부모님에 대해 뭔가를 알고 있나? 설령 그가 알고 있다고 해도 그에게 물을 수는 없었다.

"별명이 왜 알바트로스예요?"

"그 새처럼 되고 싶었거든."

그 새는 몸을 날릴 수 없을 정도의 커다란 날개를 가졌다. 땅 위에서는 날개를 구겨 넣고 뒤뚱뒤뚱 걸어다녀서 '바보새'라고도 불렸다. 그런데 폭풍우가 몰아쳐 모든 생명체가 숨을 수밖에 없을 때 절벽 끝으로 올라가 몸을 던져 날아올랐다. 그 뒤로 다시는 땅에 내려오지 않고 목숨을 거둘 때까지 날았다.
그가 팔의 타투를 가리키고는 양팔을 벌려 나는 시늉을 했다.
"별명을 갖고 있으면 또 하나의 내가 있는 것 같아서 든든해."
별명은 자신의 또 다른 자아였다. 자기 안에 숨겨 두고 싶은 것이기도 하고, 그 안에 숨을 수도 있었다.
그 말이 마음에 들었다. 내게 맞는 별명은 뭘까.
"선생님 별명이 뭐였는지 아니?"
나는 고개를 저었다. 그는 일부러 그러는 듯 뜸을 들였다. 대체 뭐길래? 웃기거나 형편없거나 둘 중 하나겠지.
"뱀파이어!"
지금까지 들은 어떤 이야기보다 흥미로웠다. 할머니가 뱀파이어라니, 왜 하필 뱀파이어였을까.
"왜 그런 별명을?"
"그건 아무도 몰라. 누가 지었는지도 모르고. 어느 날부터인지 선생님이 뱀파이어라는 소문이 돌기 시작했어."
이유는 끝까지 밝혀지지 않았다. 누군가 이유를 알고 있었다고 해도 말하지 않았을 거라고 했다. 그런 건 밝혀지지 않아야 더 재밌으니까.
아이들은 대부분 뱀파이어를 무서운 존재라고 여겼다. 타인의 피로 생명을 유지하는 흡혈귀. 할머니가 아이들에게 무서운 존재였나? 알바트로스의 말을 들으면 그렇지도 않았다.
나는 뱀파이어가 무섭기보다는 신비하고 슬픈 존재라고 생각해 왔다. 영화 〈렛미인〉을 본 뒤부터였다. 외톨이 소년과 뱀파이어 소녀의 사랑 이야기. '내가 평범한 여자애가 아니라도 좋아해 줄래?' 그 말이 가슴 시리게 다가왔다. 이따금 눈 쌓인 스웨덴의 겨울 풍경과 둘의 애틋한 눈빛이 떠오르곤 했다.

알바트로스와 한창 이야기를 하고 있는데 할머니가 들어왔다. 할머니와 그가 눈짓을 주고받고는 곧장 철학자의 방으로 들어갔다.

나는 갑자기 그와의 이야기가 끊겨 아쉽기도 하고 둘이 무슨 이야기를 하는지 궁금했다. 내 방으로 들어가지 않고 거실에서 어슬렁거렸다. 30분쯤 지나 거실로 나온 두 사람은 나와 눈이 마주치자 당황한 표정이었다. 나한테 뭐 숨길 거라도 있나? 그새 둘만의 비밀이 생긴 건가? 누구에게인지 모르게 서운하고 마음이 삐딱해졌다.

*

점심시간이 가까워졌을 무렵, 아진이 돌아왔다. 복지관 사건 이후 사흘만이었다. 팔과 손이 멍투성이고 얼굴까지 부어올라 있었다. 아무도 묻지 않았는데 아진은 넘어졌다고 했다.

"거짓말. 언니 또 아빠한테 맞았지?"

혜림은 돌려 말하는 법이 없었다.

"아니라니까."

할머니는 아진의 몸을 찬찬히 살폈다. 팔 안쪽의 멍이나 손가락의 멍은 넘어져서 생긴 게 아니라며 멍든 부위를 쓰다듬었다.
"저, 이제 집에 가지 않을래요."
엄마를 때리는 아빠를 말리다가 맞았다며 아진이 눈물을 터뜨렸다.
"당분간 그러는 게 좋겠다."
할머니의 말에 아진이 울음을 그쳤다.
"이건 혹시나 해서 물어보는 건데, 복지관 아이들한테 피자랑 치킨 사 줬니? 그러니까 내 말은……."
아진의 표정이 급변했다.
"이제 저를 도둑으로 몰 셈이에요? 아무리 맞고 사는 애라고 해도 이러면 안 되는 거 아녜요? 제가 이모 지갑 가져가는 거 봤어요? 여기 본 사람 있어? 본 사람 있냐고?"
아진은 할머니의 말을 자르고 목소리를 높였다. 먼저 지갑 이야기를 꺼낸 것은 자백이나 다름없었다. 아진은 흥분한 나머지 스스로 한 실수를 알아채지 못하는 듯했다. 모두 곁눈질만 할 뿐 입을 열지 않았다.
"아진아, 그게 아니라……."
"돈이 어디서 났냐고요? 그동안 엄마랑 아빠한테 용돈 받은 거 모은 거예요. 브랜드 운동화 사려고요. 싸구려 신기 창피해서요."
"그래?"

"왜요? 못 믿겠다는 거예요?"

"네가 그렇다고 하면 믿어야지."

"그게 믿는 거예요? 진짜로 믿는 게 아니잖아요?"

아진이 또박또박 존댓말을 하면서 할머니에게 대들었다. 나중에 다시 얘기하자며 할머니가 아진의 어깨를 도닥였다. 아진은 할머니의 손을 휙 걷어 냈다.

"오늘 점심은 너희끼리 먹어라."

할머니가 일어섰다. 아진은 누구에게인지 모를 욕을 내뱉고 제 방으로 들어갔다가 이내 나오더니 밖으로 뛰쳐나갔다. 현관문 닫히는 소리가 귀를 때렸다.

"허걱, 저 언니 왜 저래? 뭘 잘했다고."

혜림이 눈꼬리를 올리며 말했다. 가영이 혜림의 옆구리를 손가락으로 찔렀다.

"왜 이래? 뭐, 내 말이 틀렸어? 맨날 사고나 치고 다니면서, 저러는 게 말이 돼?"

"내가 대신 사과할게. 너희한테 미안하다."

"그게 왜 이모 잘못이에요?"

가영이 해리 이모를 감싸고 나섰다.

"내가 지갑을 잃어버려서 이런 일이 생겼잖아."

"말도 안 돼요. 이모도 화나는 일 있으면 화도 좀 내고 그러셔야 해요."

"가영이 말이 맞아요. 근데 이모, 우리 기분도 꿀꿀한데 오늘 점심은 맛있는 거 해 먹어요."

혜림이 분위기를 바꾸려는 듯 목소리를 띄웠다. 지금 먹을 거 타령이나 할 때냐고 가영이 가로막았다. 그럼 뭘 해야 하냐고 혜림이 맞섰다.

"혜림이 말대로 맛있는 거 해 먹는 게 좋겠다. 너희 뭐 먹고 싶은 거 있어?"

"돼지고기 김치 볶음 우동이요."

"와, 맛있겠다."

혜림이 의견을 내며 입맛을 다시자 동화가 맞장구쳤다. 나도 좋다고 했다.

"모두가 원한다면 하는 수 없지. 오늘은 내가 특별히 실력 발휘 좀 해 볼게."

가영은 올해 봄부터 해리 이모의 요리를 돕기 시작하더니, 요리사가 되고 싶다고 했다.

"오호, 미래의 셰프님! 고마워요."

혜림이 가영을 향해 하트를 그려 보였다.

"너, 나 꿈 바뀐 거 모르냐?"

"이번엔 뭔데?"

"아이돌."

"헐, 아이돌은 아무나 되는 줄 아냐?"

"내가 아무냐?"

해리 이모가 가영에게 충분히 가능성이 있다고 치켜세웠다. 가영은 한 달 전부터 해리 이모를 따라 노인요양원 봉사를 다니는데, 노래와 춤을 선보여 인기가 장난 아니라고 했다.

"그건 아니고, 꿈이 바뀌니까."

"꿈은 바뀌라고 있는 거야."

뭐, 책은 안 읽으라고 있는 거라고 하며 나도 장단을 맞추었다. 약속은 깨라고 있는 거라며 동화도 끼어들었다. 말장난 때문에 가라앉았던 분위기가 되살아났다.

좋아하는 것도 많고 하고 싶은 것도 많은 가영은 어떤 모습으로 살아갈까. 밤무대 가수와 소설가, 할머니 말대로 가 보지 않아서 더 아름다운 길도 있을 것이다.

해리 이모와 가영은 환상적인 요리 파트너였다. 가영은 당근과 양파를 채 썰고, 청양고추는 작게, 대파는 큼직큼직하게 썰었다. 그사이에 해리 이모는 달걀과 우동을 삶고 돼지고기를 잘랐다. 가영이 당근과 양파를 프라이팬에 볶다가 해리 이모가 건네주는 고기를 넣고 더 볶았다. 그동안 해리 이모는 간장소스를 준비하고 가영은 거기에 김치와 고춧가루, 우동을 넣고 다시 볶았다. 손발이 척척 맞아서인지 30분 만에 뚝딱 만들어 냈다. 해리 이모가 음식을 그릇에 담고 토핑으로 김 가루와 삶은 달걀을 얹었다. 알맞게 익어 연갈색을 띤 돼지고기와 노르스름한 우동, 채소와 토핑이 어우러져 먹음직스러워 보였다.

"야, 비주얼 예술이다, 예술."

혜림이 인스타그램에 올려야 한다며 사진을 찍었다. 아이들은 앞다투어 젓가락을 들었고, 그릇은 금세 바닥을 드러냈다.

단지 음식을 함께 먹었을 뿐인데, 기분이 좋아지고 마음이 따뜻해지는 것을 느꼈다.

혜림의 휴대전화에서 톡 알림음이 울렸다.

"담쌤이 생기부에 적어야 한다고 꿈을 말하래. 헐!"

"방학인데?"

가영이 물었다.

"누가 아니래. 잘 지내냐고 하면 될걸. 근데 뭐라고 하지?"

"그냥 말하면 되지. 꿈이 있을 거 아냐?"

가영이 말했다.

"내가 너냐? 난 꿈이 뭔지 모르겠어."

"뭐래?"

혜림이 뭔가 생각났다는 표정을 짓더니 할머니 방을 두드렸다.

거실로 나온 할머니의 눈이 충혈되고, 눈 밑도 거무스름했다. 모두 걱정스러운 눈치였지만 섣불리 말을 꺼내지는 않았다.

"제 꿈이 뭔지 모르겠어요."

"뭘 하면 가장 즐거운지 생각해 봐."

"음, 꾸미는 거요. 나중에 옷이랑 머리, 뭐든 톡톡 튀게 하고 다닐 거예요."

"그럼, 스타일리스트하면 되겠다."

가영이 꿈은 바뀌는 거니까 걱정할 거 없다고 했다. 할머니도 맞는 말이라고 하면서 말을 이었다.

"뭐가 되는 것보다 더 중요한 게 있어."

"그게 뭐예요?"

"자신을 사랑하는 거. 그러면 뭘 해도 잘할 수 있어. 사랑하는 자신을 위해 하는 거니까."

가슴 깊은 곳을 건드리는 말이었다. 모두 그 말을 곰곰 되새기는 표정이었다.

"또 있어. 지금처럼 서로 아끼고 사랑하는 거."

사랑이야말로 우리가 존재하는 이유였다. 더욱이 같은 시간과 공간을 산다는 것은 특별한 인연이니 소중히 여겨야만 했다. 그것도 자신을 사랑해야 가능한 거였다.

할머니는 우리를 번갈아 가며 눈을 맞추었다.

"나는 너희가 슬픔에 잠긴 사람의 말을 들어 주고, 눈물을 흘리는 사람은 꼭 안아 등을 토닥여 주면 좋겠어."

공부를 열심히 해라, 훌륭한 사람이 되라고 말하면 좋았을 텐데. 할머니는 어려운 숙제를 안겨 주었다.

"슈퍼마켓 아저씨는 술을 마시고 아무 말이나 계속하는데 그 말을 들어 줘요?"

혜림의 말대로 아저씨가 하는 말은 주로 신세 한탄이고 세상에 대한 불평불만이었다. 대형 마트와 편의점이 늘어나면서 아저씨네 가게는 파리만 날렸다. 게다가 술을 달고 사는 주인이라니, 물건을 사고 싶은 마음이 사라지는 게 당연했다. 할머니는 그가 안쓰러워 그러는 듯 그의 가게에서 휴지나 청소 도구, 비누 같은 자잘한 것을 샀다. 유통기한이 지난 먹거리를 사서 버리기도 했다.

"외로워서 그러는 거니까 들어 줘야지."

외로운 사람이라면 또 있었다. 우리 집 뒤로 한 블록 떨어진 초록 대문 집에서 혼자 사는 할아버지였다. 할아버지는 나를 볼 때마다 아줌마는 고향이 어디요? 하고 물었다. 할머니를 여보, 라고 불렀다. 지나가는 사람이 묻는 말에는 엉뚱한 대답을 했다. 슈퍼마켓 아저씨와 할아버지의 공통점은 얼토당토않고 맥락 없는 말을 끝도 없이 반복하는 거였다. 그들의 말을 들어 주기도 쉽지 않은데 그들을 안아 주라니, 상상만으로도 끔찍했다.

"할머니, 어디 아프세요?"

가영이 물었다.

"아니, 왜?"

"요즘 화장실에서 자꾸 토하시잖아요. 식사도 자주 거르시고."

"토하는 건 아니고 속이 좀 안 좋아서. 걱정할 정도는 아니야."

"오늘은 눈도 빨개요. 그래서 그런지 슬퍼 보여요."

그래? 하며 할머니는 눈에 손을 가져다 대며 얼른 미소를 띠었다. 그 미소에 쓸쓸함이 깃들어 있었다.

"나는 너희하고 이런 이야기를 할 수 있어서 행복한걸."

"저도 행복해요."

가영이 말하자 혜림과 동화도 저도요,라고 했다.

"그러니까 할머니는 절대 돌아가시면 안 돼요."

가영은 돌아가신 부모님을 생각하고 한 말이었을 텐데, 분위기가 굳었다. 할머니는 눈썹을 들어 올리며 애써 웃음을 띠었지만, 눈꺼풀이 살짝 떨렸다. 절박함이라고나 할까, 할머니의 표정에는 그 이상의 무언가가 배어 있었다. 내 느낌인지도 모른다.

"사람은 누구나 언젠가는 죽게 돼 있어. 꽃이 피었다가 지듯이 말이야."

할머니는 자신도 모르게 터져 나온 듯 깊은숨을 내쉬었다.

"할머니, 꽃은 봄이 되면 다시 피어나니까 죽는 게 아니잖아요."

"우리 동화 말이 맞네. 꽃은 죽는 게 아니고, 꽃무덤 속에서 겨울잠을 자는 거네."

동화의 손을 잡는 할머니 손에 힘줄이 도드라졌다.

"할머니, 꽃들은 무덤 속에서 자는 게 아니에요. 꽃잎들을 덮고 자는 거예요."

가영은 꽃무덤을 꽃잎이불로 바꾸어 놓았다.

나는 꽃잎이불보다 꽃무덤이라는 말이 좋다고 했다. 가영은 어떻게 이불보다 무덤이 좋지? 하고 고개를 갸웃했다. 할머니는 나와 가영을 번갈아 보며 흐뭇한 표정을 지었다.

"모든 언어에는 각기 다른 느낌이 있단다. 사람마다 다르게 느끼기도 하고. 그러니까 언어는 살아 있는 거야."

"언어가 죽지 않게 하려면 어떻게 해야 하는데요?"

가영이 호기심이 어린 눈으로 물었다.

"상상해야지. 우리가 상상하는 한 언어는 영원히 살아 있거든. 각자 빛을 내면서 말이야."

"별처럼요?"

동화가 눈을 반짝였다.

"그래, 별처럼."

"근데요 할머니, 사람이 죽으면 별이 되는 거 맞아요?"

"별이 되는 사람도 있고 달이 되는 사람도 있겠지. 꽃이 되는 사람도 있고 말이야."

"할머니는 뭐가 되고 싶어요?"

"음, 나는 꽃."

"왜요?"

"그거야 꽃이 좋으니까. 동화, 너는?"

"지금 막 떠오른 건데 저는 붓이요. 그림을 잘 그리고 싶은 사람이 좋아하는 붓이요."

가영은 바람이 되어 세상 끝까지 가 보고 싶다고 했고, 혜림은 달이 되어 키스하는 연인들을 비춰 줄 거라고 했다. 나는 언뜻 떠오르는 게 없었다.

"희야 언니는?"

동화가 물었다.

"글쎄."

"희야 언니는 빗소리가 되고 싶겠지."

혜림이 말하자 모두 맞다고, 그럴 거라고 했다. 틀린 말은 아니었다. 하지만 빗소리를 들으면 더 외롭고 쓸쓸하다는 사람도 있었다.

죽어서도 뭔가가 될 수 있을까. 몸도 마음도 흔적 없이 사라지는 게 죽음 아닐까. 어쨌거나 상상은 자유고, 그런 만큼 흥미로웠다.

할머니는 전부터 나와 아이들에게 이야기를 들려주었다. 주로 책 속의 주인공들을 불러냈는데 더러는 할머니가 지어낸 것도 있었다. 꽃이랑 구름이랑 사랑해서 꽃구름이 됐어. 꽃구름은 우리 눈에 보이지 않아. 왜? 사랑은 눈에 보이지 않는 거니까……. 달은 사랑하는 사람들을 위해 밤을 비추고 그들이 헤어지면 눈물을 흘려. 그게 바로 이슬이야. 그러니까 이슬은 달이 흘리는 눈물이네. 그렇지. 그런데 해가 뜨면 왜 이슬이 사라져? 해가 달의 눈물을 닦아 주러 찾아오니까……. 그런 식으로 할머니는 우리가 끊임없이 질문하게 했다.

할머니와 이야기할 때는 어디선가 꽃바람이 불어오고 별꽃이 돋고, 나뭇잎에 물방울이 맺히는 느낌이었다. 심지어는 몸살을 앓다가도 열이 내렸다.

"이제 쉬면서 각자 하고 싶은 걸 해라."

일어서서 돌아서는 할머니의 등이 구부정해 보였다. 외로운 사람을 안아 주라느니, 죽음이 어쩌고 하지를 않나, 웃고 있어도 쓸쓸해 보이는 것은 왜일까.

할머니는 오후 내내 숨기 좋은 방에서 나오지 않았다. 할머니도 어딘가에 숨고 싶은 걸까. 요즘 들어 그 방에서 보내는 시간이 점점 길어졌다. 딱히 뭘 하는 것 같지 않지만, 그 시간을 소중히 여기는 것은 분명해 보였다. 책들의 말대로 전보다 더 많은 생각을 하는지도 모른다.

*

늦게 일어나 아침 겸 점심을 먹고 깡이와 종이에게 사료를 주려고 나갔다. 제복을 입은 경찰관 둘이 우리 집을 기웃거리다가 나와 눈이 마주치자 이아진 학생이 여기 사느냐고 물었다. 그렇다고 하자 할머니를 만나러 왔다고 했다. 나는 현관 안으로 뛰어 들어가 할머니에게 전했다.
"무슨 일로 오셨어요?"
"집 좀 둘러보려고 하는데 협조 부탁드립니다."
"무슨 일인지 알아야 협조를 하지 않겠어요?"
할머니의 목소리는 차분하면서도 단호했다.
"저, 다름이 아니라 이아진 학생이……."
경찰은 사진 몇 장을 할머니에게 내밀었다.
"이 학생이 할머니에게 맞았다고 신고를 했어요. 평소에 자주 맞는다던데……."
할머니는 놀란 듯했지만 이내 담담한 표정을 지었다.
"말도 안 돼요. 걔, 거짓말하는 거예요."

나도 모르게 소리치고는 얼른 할머니 옆으로 가서 사진을 보았다. 아진의 팔과 손의 멍 말고도 다리와 발에 상처가 나 있었다. 그사이에 또 집에 다녀왔을 리는 없고, 아진이 자해한 게 분명했다. 전에도 그런 적이 있었다.
"팔하고 손은 아빠한테 맞은 거고, 다리랑 발에 난 상처는 자해한 거예요. 아빠한테 맞으면 습관적으로 그래요. 전에도……"
흥분이 가시지 않아 목소리가 떨렸다. 할머니는 내게 그만하라고 손짓하고는 경찰들에게 일단 안으로 들어가자고 했다.
"신고가 들어왔으니 사실 여부는 확인해야 하거든요."
경찰이 신발을 벗으며 말했다.
"그 언니, 자기 아빠도 신고하는데요. 파출소에 기록 있을 거예요."
혜림이 다 듣고 있었던 듯 끼어들었다.
우리 엄마는 아빠한테 맞고도 아빠를 이해하래. 우리를 사랑하지 않아서 그런 건 아니라나. 엄마 생각해서 참았어. 내 팔다리가 부러지니까 엄마는 아무 말도 못 했어. 근데 주변에서 뭐라고 한 줄 알아? 참아라, 너만 참으면 된다. 왜 나만 참아야 하는데요? 했더니, 이러니까 네가 맞는 거야, 그러더라고. 아진은 더 참지 못하고 파출소를 찾아갔고, 아빠와 분리 조치로 우리 집에 왔다.
경찰은 할머니에게 아진의 방을 둘러봐도 되겠냐고 양해를 구했다. 할머니는 우리에게 각자 방에 들어가 있으라고 일렀다.

방에 들어왔는데 화가 가라앉지 않았다. 아진에게 톡을 보냈
다.

ㅡ 할머니가 너를 때렸다고? 그런 거짓말이 통할 거 같아?

ㅡ 그게 거짓말인지 언니가 어떻게 알아?

ㅡ 거짓말이 아니면? 할머니가 누구를 때리는 사람이야? 때리는 거 봤어?

ㅡ 할머니가 나를 도둑으로 몰았잖아. 때리는 것보다 더 나쁜 거 아냐?

ㅡ 그냥 솔직하게 말하라고 했을 뿐이지.

ㅡ 언니도 나를 도둑이라고 생각하는 거네. 안 그래? 다른 애들도 다 그렇게 생각하잖아. 내가 아무리 아니라고 해도 안 믿을 거잖아.

ㅡ 너 왜 그러는데? 정신 차려.

ㅡ 뭐? 내가 정신이 나가기라도 했단 말이야?

ㅡ 암튼 알았으니까 그만하자.

ㅡ 말은 먼저 시작해 놓고 뭘 그만해?

ㅡ 얘기가 안 되잖아.

ㅡ 솔직히 언니도 할머니 토 나온다며? 가식 떠는 거 싫다며? 맨날 머릿속에서 지진이 나는 것도 할머니 때문이잖아.

잔뜩 독이 올라 쏘아붙이는 아진의 말이 가슴을 쿡쿡 찔러 댔다. 대답할 수가 없었다.

ㅡ 왜 대답 안 해? 내 말이 틀렸으면 말해 봐.

대꾸하지 않고 휴대전화를 껐다. 머릿속을 비우려고 침대에 누웠다.

얼마나 지났을까, 경찰이 돌아가려는 듯 할머니와 인사를 나

누는 소리가 들렸다. 동화 방 앞에 섰는데 훌쩍이는 소리가 났다. 조금 망설이다 방문을 열었다. 경찰이 동화에게 뭘 물었는지, 대답하기 곤란한 걸 물은 건 아닌지 궁금했다. 왜 그러냐고 묻자 동화는 아무것도 아니라고 하면서도 내 품에 안겨 한참을 더 흐느꼈다. 나는 할머니 방으로 갔다.
"동화한테 무슨 일 있었어?"
"이모 지갑이 동화 서랍에서 나왔어. 경찰이 굳이 동화 서랍을 열어 보겠다고 해서……. 동화가 아무 말도 하지 않고 그냥 울기만 하네."
할머니가 한숨을 내쉬었다.
"해리 이모가 지갑 없어졌다고 했을 때 동화는 아무것도 모르고 있었어."
동화는 거짓말할 애가 아니고 나는 동화를 믿는다. 동화 지갑도 없어졌다고 말했다. 그동안 아진과 동화 사이에 있었던 일에 대해서도.
할머니는 안 그래도 동화와 할 말이 있었다면서 동화를 불렀다.
동화는 잘못을 저지르기라도 한 것처럼 고개를 숙였다.
"동화야, 아진이랑 있었던 일 말이다. 희야한테 대강 들었는데, 자세히 말해 볼래?"
동화가 나를 바라보았다.
"다 말해도 돼."

동화는 내 말에 용기를 낸 듯 그동안 있었던 일들을 말했다. 할머니는 그동안 세심하게 살피지 못해 미안하다고 사과한 뒤 앞으로는 아닌 건 아니다,라고 말해야 한다고 타일렀다. 내가 동화와 방을 같이 쓰고 싶다고 하자, 그건 좀 더 생각해 보자고 동화의 의견을 물었다. 아진이 상처받을 수 있을 테니까. 동화가 그러겠다고 했다. 상처를 받아 본 사람은 안다. 상처가 또 다른 상처를 낳는다는 것을.

"동화야, 미술학원 원장님이 전화하셨더라."

원장은 아이들이 동화를 괴롭혀 왔다는 것을 뒤늦게 알았다. 아이들이 반성하고 있으니까 동화에게 다시 학원에 나오라고 했다.

"저, 미술학원 안 다녀도 될까요?"

"네 마음이 그러면 그러렴. 그래도 친구들하고는 풀어야 하지 않을까?"

"그게 동화가 풀려고 한다고 풀릴 문제가 아니야."

할머니는 무슨 일인지 궁금할 텐데 묻지 않았다.

"왜 솔직하게 말하지 않았냐고 묻지 않아?"

"그럴 만한 사정이 있었을 테니까. 지금도 그렇고."

"맞아. 누군가의 자존심이 걸린 문제라서 그런 거야."

"그럼 말하지 않아도 돼."

할머니는 다른 사람의 자존심을 지켜 주거나 허물을 들추지 않는 건 쉽지 않은 일이라고 했다. 좀 더 생각할 시간을 가진 뒤

진심을 이야기해 보라고 조언했다. 학원에 다니는 문제는 동화의 선택에 맡겼다. 이모티콘 만드는 건 잘되고 있냐고 할머니가 묻자 이제 시작인 걸요,라고 말하는 동화의 눈이 반짝거렸다.

케렌시아

식탁에 놓인 해리 이모의 휴대전화 액정에 솔라 선생님이 떴다. 할머니는 제자의 결혼식에 간다고 한 시간 전에 나갔다. 할머니와 통화하는 이모의 미간이 좁아졌다.
"무슨 일이에요, 이모?"
"아진이가 아빠한테 맞고 가출했나 봐. 친구들이랑 어울렸는데……."
친구들이 맛있는 걸 사 주겠다고 한 아이를 불러내서 화장실에 가두고 집단으로 구타했다. 아진도 함께 있다가 휘말렸다. 응급실에 가지를 않나. 지갑 사건에 이어 할머니를 신고까지 하더니. 그게 얼마나 됐다고. 무엇보다 아빠의 폭력에 시달리는 아이가 폭력 사건에 가담했다는 게 믿기지 않았다.

― 시간 되면 잠깐 볼 수 있어?

유노의 톡이었다. 얘가 웬일이지? 시간 없다고 할까? 톡을 못 본 척하고 시간을 끌었다. 무슨 핑계를 대지? 아니, 갑자기 이러는 건 무슨 일이 있다는 건데. 자존심이고 뭐고 일단 물어나 보자.

― 왜, 무슨 일 있어?

― 아니, 그냥.

그냥이라고? 싱겁긴.

― 할 얘기가 좀 있어서.

할 얘기? 뭐지? 설마, 고백 같은 건 아닐 테고 그새 여친이라도 생겼나? 그러면 나는 어떻게 되는 거지? 당장 뛰어나가고 싶은데, 숨 고를 시간이 필요했다.

― 알았어. 할 일이 있으니까 한 시간 뒤에 봐.

소심한 밀당이었다.

유노는 나를 보자마자 씩 웃었다. 그런데 표정이 구름이었다.

"하늘은 맑은데 비가 오려나?"

"뭔 소리야?"

"네 얼굴, 구름이잖아."

"아, 너를 며칠 못 봤더니."

역시 선수네.

"허걱, 봤으면 해가 나야지."

나는 손을 들어 반짝반짝, 하는 시늉을 해 보였다. 유노는 애써 표정을 고쳤지만, 얼굴에 드리운 구름이 걷히지는 않았다.

"우리, 이사 갈 것 같아."

"뭐?"

"전세 계약 기간이 끝났는데 주인이 전세금을 많이 올려 달라고 해서."

유노가 없는 대문 앞 풍경을 그려 보았다. 휑한 벌판이 떠오르고 가슴에 찬바람이 들어찼다.

"어디로 가는데?"

"그건 아직 모르겠어."

유노와 나는 동네를 빙글빙글 돌며 걸어 다녔다.

"요즘도 전시회 보러 다녀?"

"응. 엄마가 도서관에서 미술 관련 책도 빌려 오셔서 같이 보고 있어."

그런 부모님이 있어서 좋겠다,라는 말을 꾹 눌렀다.

"아, 그래?"

"응. 근데 솔라 할머니는 어떠셔?"

"배우던 것도 다 그만두고 운동도 안 해. 화가가 그리기를 멈췄다기보다 그렸던 걸 지우고 있는 것 같다고나 할까?"

"왜 그러시지?"

"나도 그걸 알고 싶어. 외로운 사람을 안아 주라고 하질 않나, 밤에 혼자 소주를 마시고 눈물도 흘린다니까."

"저번에 내가 본 그분, 남친 맞나 보다."
"남친 생겼으면 좋기만 할 텐데 왜 눈물이야?"
남친 소리에 마음이 또 삐딱해졌다.
"누군가를 사랑하면 그리워지잖아. 그리우면 눈물이 나고. 눈물의 뿌리가 그리움이래."
얘가 뭘 알고나 하는 말인가? 어쨌거나 눈물의 뿌리는 슬픔이라고만 생각했는데, 그리움이라니. 그리움과 슬픔 사이의 거리는 얼마나 될까. 어쩌면 슬픔과 그리움은 한 나무의 다른 가지 같은 것인지도 모른다.

유노와 헤어져 집에 왔을 때 할머니는 외출복을 벗지 않은 채였다. 이내 낯선 사람들이 찾아왔다. 한 사람은 복지사이고, 나머지 두 사람은 부부로 보였다. 부부가 할머니와 이야기를 나누고는 동화의 방으로 들어갔다. 그들이 누구인지 알 것 같고, 그들과 동화가 나눌 대화가 짐작되었다. 너만 괜찮다면……. 생각할 시간을……. 네가 마음을 정할 때까지…….
시간은 더디게 흘렀다.
그들이 돌아간 뒤 동화는 시무룩했다.
"언니, 나 그 집으로 가야 돼?"
"어?"
"그분들이 내 꿈을 키워 주고 싶대."
"네가 좋은가 보다. 하긴 너를 보고 안 좋아할 사람은 없지."

"나는 아무 데도 가기 싫어. 언니랑 같이 살고 싶어."

코끝이 찡했다. 나도 그래,라고 속으로 말했다.

내 부모를 비롯해 어떤 부모들은 왜 아이를 낳고 책임지지 않는 걸까. 그럴 거면서 왜 아이를 낳은 걸까.

오늘은 유노도, 할머니와 동화까지 온통 흐림이었다. 덩달아 나도 손에 잡히는 것이 없었다.

해리 이모가 보고서를 작성해야 한다며 가영과 내게 저녁 식사 준비를 부탁했다. 뭘 만들까 둘이 궁리하고 있는데 할머니가 주방으로 나왔다.

"오늘 저녁은 내가 할게."

무슨 생각인지 할머니는 우기다시피 했다. 나와 가영은 못 이기는 척하고 할머니의 뜻을 따랐다. 할머니가 직접 밥을 하는 건 오랜만이어서 은근히 기대도 되었다.

그 기대는 첫 숟가락을 뜨는 순간, 무너졌다. 밥은 온통 잡곡에 호박과 감자를 듬뿍 넣은 된장국은 짰다. 멸치 조림은 튀김에 가까웠다. 무말랭이 고춧잎무침은 꼬들꼬들하지도 않고 개운한 맛이 없었다. 할머니는 전부터 음식 만들 기회가 없어서인지 음식 솜씨가 늘지 않았다. 아이들은 스팸과 달걀프라이만 먹었다. 할머니는 약간 실망한 표정이었다. 나는 할머니가 만든 반찬들을 꾸역꾸역, 그러나 입맛을 다시면서 먹었다.

"아진 언니, 이제 안 와요?"

혜림이 할머니를 떠보는 눈으로 물었다. 할머니가 대답하기 전에 오지 않았으면 좋겠다고 덧붙였다. 다른 그룹홈으로 가든지 집으로 갔으면 좋겠다고.
"아진이가 정말 안 왔으면 좋겠어?"
"저한테 두고 보자고 계속 톡을 보내요. 제가 경찰한테 언니가 아빠 신고했다고 말한 것 때문에요."
"그래서 넌 뭐라 그랬어?"
"두고 보자면 누가 겁낼 줄 아냐고 했어요. 사실을 말한 거니까 잘못한 것 없다고요. 그랬더니 욕을 했어요."
할머니는 아진의 톡 받은 사람이 더 있는지 물었다. 가영이 쭈뼛거리며 받았다고 털어놓았다. 할머니한테 맞은 적이 있다고 경찰에 말해 달라고 했다는 거였다. 또 할머니가 신선하지 않은 식재료를 사용하고, 유통기한이 지난 과자를 먹인다고. 우리에게 써야 할 돈을 빼돌려서 할머니 치장하는 데에 쓴다고. 가영은 아진에게 어떻게 그런 생각을 할 수 있냐고 쏘아붙였다. 아진은 집요했다. 동화에게는 해리 이모의 지갑을 훔친 걸 모두에게 사실대로 말하라고 했다. 지갑이 동화 서랍에서 나온 게 증거 아니냐고. 동화는 대꾸하지 않고 톡방을 나와 버렸다. 아진은 동화를 다시 톡방으로 불러서 그동안 동화가 자기를 꼬집은 것도 다 말했다고, 곧 경찰에서 연락이 갈 거라고 했다. 동화는 아진의 톡을 차단했다. 할머니는 해리 이모에게도 톡을 받았느냐고 물었다. 이모는 머뭇거리다가 입을 떼었다. 돈도 못 버는 주제에 왜 지갑 하나 못 챙겨서 사람 힘들게 만드냐, 복지사 적성도 아닌 것 같은데 다른 일을 찾아보라고 했다는 거였다.
"아진 언니, 진짜 너무 하는 거 아녜요?"
혜림이 눈썹을 모으며 말했다. 할머니는 음, 하고 눈을 내리뜬 채 생각에 잠겼다가 말문을 열었다.
"아진이는 다른 사람을 괴롭히면서 자신을 괴롭히는 거야. 아파서 그러는 거니까 모두가 조금만 참아 주면 좋겠다."
할머니는 숨을 돌린 후 말문을 이었다. 아진에게 우리가 있다는 걸 보여 주자. 잠시 길을 잃은 아진이 힘을 얻어 제자리로 돌아올 수 있게 도와줘야 한다. 살면서 누구나 몇 번은 길을 잃는다.
"할머니한테 그렇게 못되게 굴었는데 용서해 주실 거예요?"
혜림은 의아한 눈빛이었다.
"이미 저지른 잘못은 좋은 잘못으로 만들면 돼."
"좋은 잘못도 있어요?"
"그럼."
잘못을 계기로 더 좋은 나를 만들고 성장하면 좋은 잘못이 되는 거라고 했다. 지금은 아진이가 누구보다 힘들 테니 이해해야 한다고. 그러니 아진이가 돌아오면 평소처럼 지내라고.
그것은 말처럼 쉬울 것 같지 않았다.
"무슨 일이든 지나가게 돼 있고, 지나고 나면 별것 아니야. 우리가 함께 살 시간이 얼마 남지 않았다고 가정해 봐라. 이런 건 일도 아니지."

우리가 영원히 함께 살 수 없다는 걸 모르지는 않았다. 하지만 이 시점에서 굳이 그런 걸 생각할 게 뭐람. 동화의 입양 문제만 해도 굳이 서두를 이유가 뭔가 말이다.

모두 입을 꾹 다물었다.

"아진이 오는 날 아진이 어머니께서 피자를 보내 주신단다."

다른 때 같았으면 와, 아싸, 했을 텐데 누구도 좋은 내색을 하지 않았다.

식사를 마친 뒤 할머니는 화단을 서성거렸다. 동화의 입양에 관해 묻고 싶어 화단으로 나갔다. 내가 옆에 있다는 걸 알면서도 할머니는 꽃도 없는 목련 가지에서 눈을 떼지 않았다. 특별한 것을 바라볼 때의 모습이었다.

"동화, 어떻게 되는 거야?"

"우리 집보다 더 좋은 환경에서 살면 좋지 않을까? 동화를 사랑해 줄 부모님과 형제들도 생기고."

"더 좋은 환경인지 아닌지 어떻게 알아? 또 중요한 건 동화 생각이잖아. 동화가 싫다면?"

"그분들 말이야, 동화가 그림 그리는 걸 좋아한다니까 예술가를 가까이서 볼 수 있겠다고 좋아하시던걸."

"왜 말 돌리고 그래?"

"나는 동화를 믿는다. 너도 동화를 믿잖아."

"그럼, 약속해. 동화가 가고 싶을 때까지 기다린다고."

"기다리는 게 꼭 좋은 것만은 아니야. 일에는 때가 있으니까."
"때는 무슨, 때야?"
다른 때 같았으면 동화의 선택을 우선으로 했을 할머니였다. 그런데 이번에는 왠지 보이지 않게 동화의 등을 떠미는 느낌이었다.
"그럼, 다른 애들은?"
할머니가 대답이 없는 것은 보낼 수 있다는, 보내겠다는 뜻이었다.
"설마, 보육원에도 보내는 건 아니겠지?"
초등학교 5학년 때였다. 반에 보육원에서 사는 애가 있었다. 아이들은 그 애를 보육이라고 불렀다. 그렇게 시작된 따돌림은 갈수록 심해졌다. 뭘 잘하면 보육이가 이런 것도 해? 하고 잘못하면 보육이니까 그렇지, 했다. 그 애는 쉬는 시간이면 늘 엎드려 있었다. 나는 그 애를 놀리는 아이들에게 학교폭력으로 신고하겠다고 했다. 그럼 다육이라고 할까? 한 아이가 창가에 놓인 다육식물을 가리키자 다른 아이들이 낄낄댔다. 한 번만 더 그러면 정말 신고한다. 그러든지. 근데 너, 그룹홈에서 산다며? 엄마 아빠는 어딨냐? 있기는 하냐? 그 뒤로 편을 들지 못했다. 그해 봄이 지나가기 전에 그 애는 전학을 갔다. 아이들에게 더 세게 맞섰어야 했는데. 그러지 못한 내가 미웠다. 할머니에게 말하지 않은 것도 후회되었다. 그랬더라면 우리 집으로 데려올 수도 있었을 거였다. 하지만 우리 집에는 이미 아이가 여러 명 있었다. 아니, 할머니가 엄마가 아니라는 걸 알기 전이었다면 달랐을 것이다. 나는 그때 몹시 혼란스러웠고 다른 사람을 생각할 여유가 없었다.

"희야! 살다 보면, 어쩔 수 없는 상황이 오기도 해."

"상황은 무슨 상황?"

"어차피 그 누구도 영원히 함께 살 수는 없어. 이별에 너무 연연하지 마라."

떠난다고 영영 헤어지는 건 아니니까, 하고 할머니는 말끝을 흐렸다.

우리 집에서 이런 일이 처음은 아니었다. 울면서 떠났던 아이들이 웃으며 찾아오곤 했다. 문제는 너무 갑작스럽다는 거였다. 할머니는 이제 아이들을 돌볼 마음이 없어진 걸까. 대체 왜? 남자친구 때문에?

"그럼 나는?"

"너는 나를 지켜 줘야지."

"내가 왜 할머니를 지켜 줘?"

얼떨결에 할머니 소리가 튀어나오는 바람에 나도 놀랐다.

"우리 희야 마음이 조금 풀렸나 보네. 할머니 소릴 다 하고."

"뭐야, 됐어. 암튼 내가 왜 지켜 주냐고?"

"그런 날도 오지 않을까? 나는 나이를 많이 먹었으니까."

"언제는 인생 2막의 시작이라더니. 나이는 무슨."

"희야, 만약에 말이야."

"또 뭐?"

할머니는 아니다, 하며 얼버무렸다. 뭔가 중요한 말을 하려다가 마는 눈치였다.

"뭐냐니까?"

"내가 곁에 없을 때가 오더라도 나는 네 안에 있다는 걸 잊지 마."

"갑자기 이상한 소리를 하고 그래?"

"그냥 할 수도 있지."

잠을 자려고 누웠는데 아까 나눈 대화가 머릿속에서 떠나지 않았다. 그냥 하는 말이라고 했지만, 허튼 말을 할 할머니가 아니었다. 내 기분 때문일 거라고 마음을 다잡는데 현관문 열리는 소리가 났다. 얼른 창밖을 내다보았다. 할머니가 점퍼에 면바지 차림으로 두건을 쓴 채 대문을 나서고 있었다. 9시가 넘었는데 어디를 가는 거지? 오늘은 알아내야 한다는 생각이 들었다. 발소리를 죽인 채 거리를 유지하면서 할머니의 뒤를 밟았다.

뜻밖에도 할머니는 원미산으로 올라갔다. 유노와 가는 산책로 쪽이 아니라 반대 방향이었다. 숲길이 다 거기서 거기일 텐데, 밤이라 그런지 으스스했다.

길은 평지에서 언덕으로 이어졌다가 내리막길로 이어지고, 다시 완만한 경사를 이루는 오르막길이 시작되기를 반복했다. 30분쯤 지나 할머니는 걸음을 멈추었다. 할머니 앞으로 웃자란 풀이

우거져 있었다. 할머니가 풀을 걷어 내자 나무문이 보였다. 할머니는 길게 숨을 들이쉬었다가 내쉬고는 문을 열고 안으로 들어갔다.

혹시 유노가 말한 동굴? 저 안에 뭐가 있는 거지?

낮과 달리 한밤중의 숲은 괴이한 소리를 뿜어냈다. 바람 소리 혹은 새와 작은 동물들의 움직임, 내 발짝 소리가 합해져 공포 영화에 나오는 음악처럼 들렸다. 할머니의 모습과 어우러진 풍경 또한 공포 영화의 한 장면이었다. 문안으로 들어가고 싶었지만 몇 발짝 떼지 않아 할머니에게 들키고 말 터였다. 나는 몸을 숙인 채 숨을 죽였다. 문이 열리는 소리가 나고 할머니가 밖으로 나왔다. 가슴이 철렁했다. 주변을 살펴본 할머니는 고개를 갸우뚱하고는 다시 안으로 들어갔다. 안도도 잠깐 의혹이 일어났다. 혹시 남친을 만나는 건가? 설마, 이런 데서? 문득 할머니의 별명이 떠올랐다. 뱀파이어! 저기서 누군가의 피를? 해가 지면 산에서 바로 내려와야 한다고 말한 사람은 할머니였다. 이 와중에 하는 상상이 고작 이런 것이라니. 아니, 그것보다 더 끔찍한 일이 기다리고 있을지도 몰랐다. 이가 딱딱 부딪치고 다리가 후들거렸다. 순간, 문이 열리는 기척이 났다. 할머니? 이럴 때는 역시 한발 물러서는 게 낫겠지? 차마 떨어지지 않는 발길을 돌렸다.

산에서 내려오는데, 이 생각 저 생각이 뒤엉켰다. 할머니에 대해 내가 아는 것은 뭘까. 교사였다는 것, 부모와 함께 살지 못하는 아이들을 돌본다는 것밖에는 아는 게 없었다. 할머니가 왜 나를 맡아 키웠는지, 내 부모님과 할머니는 무슨 관련이 있는지, 할머니의 딸은 어린 나이에 왜 돌아올 수 없는 길을 갔는지, 할머니는 왜 밤에 이런 곳에 온 건지.

집에 돌아와서도 마음이 놓이지 않았다. 휴대전화의 시계만 들여다보았다. 할머니를 혼자 두고 산에서 내려오는 게 아니었는데. 나무문 안의 뭔가가 할머니를 해코지하는 건 아닐까. 할머니가 길을 잃고 헤매는 건 아니겠지? 괴한에게 무슨 일을 당한다면? 아니, 할머니가 이대로 사라진다면? 생각이 꼬리에 꼬리를 물었다.

희야, 정신 차려. 너, 지금 모든 걸 지나치게 확대해석하고 있는 거야. 할머니가 거기에 가는 게 처음이 아닐 수도 있는데.

내 안의 내가 말했다.

그래, 알아. 그런데 왜 이렇게 불안한 거지?

할머니 방에 들어갔다. 할머니 냄새가 훅 끼쳤다. 꽃과 나무의 냄새, 아이리스 커피 향. 할머니 침대에 누워 보았다. 아지랑이가 피어오르는 것처럼 몽롱한 기운이 몸을 에워쌌다.

얼마나 지났을까. 현관문 열리는 소리가 났다. 실눈을 뜨고 잠든 척했다.

방에 들어온 할머니는 내게로 다가왔다. 손으로 이마를 한 번 쓸어 주고는 옷을 갈아입은 뒤 방을 나갔다. 잠시 후 돌아와 화장대 앞으로 갔다. 아무것도 바르지 않으면서 한참 거울 앞에 앉아 깊은숨을 내쉬었다. 뭔가 대단한 일을 하고 난 것처럼. 할머니의 어깨가 좁아 보이고 등도 굽어 보였다.
대체 무슨 일이 있는 거야? 거긴 왜 간 거냐고? 거기서 뭘 하고 왔느냔 말이야?
내가 이렇게 끙끙대는 걸 모르는 할머니는 두건도 벗지 않은 채 침대에 누웠다. 나는 몸을 뒤척였다. 그래야만 잠든 것처럼 보일 테니까.
평소에는 자리에 누워서도 한참 뒤척거리던 할머니가 오늘따라 금세 잠들었다. 아이처럼 낮게 코를 골았다. 아무것도 생각하지 말자. 몸을 옆으로 뉘어서 할머니 가슴에 손을 얹었다. 할머니의 체온이 손끝을 타고 온몸으로 전해져 왔다. 그럴 때면 늘 달콤한 꿈을 꾸는 기분이었는데, 오늘은 왠지 바람과 손잡고 있는 느낌이었다. 바람이 손가락 사이로 빠져나가면서 가슴이 서늘했다.

아침이 되자 할머니는 아무 일도 없었던 것처럼 해리 이모와 식사 준비를 했다. 식사를 마친 할머니는 욕실로 들어가 오래 샤워를 했다. 혹시 남자 친구를 만나러 가는 건가? 어젯밤의 마음은 온데간데없고, 또 삐딱해졌다.
거실에서 마주친 할머니가 할 말이 있다며 나를 방으로 불렀다. 뭔가 중요한 말을 할 때의 표정이었다. 드디어 부모님에 대해 말해 주려는 건가? 가슴이 벌렁거렸다. 가슴에 손을 얹고 숨을 크게 들이쉬고 내쉰 뒤, 문을 열었다. 할머니가 침대에 앉은 채 내게로 손을 뻗었다. 긴장을 풀어 보려고 큼큼거렸다.

"다음 달에 일주일 정도 여행을 다녀오려고."

부모님 이야기가 아니고 난데없이 웬 여행? 온몸에서 힘이 빠졌다.

"애들은 어떡하고?"

그것도 일주일씩이나, 라는 말을 꾹 눌렀다.

"꼭 다녀오고 싶어서 그래."

"누구랑 가는데?"

"오래전부터 알고 지냈는데 기대고 싶은 사람이야."

혹시 남자? 남친? 속이 부글거리는데 할머니가 남자야, 라고 했다. 웃는 것 같기도 하고 부끄러워하는 것 같기도 한, 묘한 표정이었다. 나를 가까스로 지탱해 주던 지지대가 무너지는 걸 느꼈다.

"근데 그런 걸 왜 나한테 말해?"

"희야는 내가 여행 가는 게 그렇게 싫어?"

할머니가 내 눈치를 살피며 물었다. 여행 가는 것도 싫지만 남자 친구랑 가는 건 더 싫다고 말하고 싶었다. 그러고 나면 후회할 게 뻔했다. 나는 이제나저제나 부모님 이야기만 기다리며 겨우 견디고 있는데, 한가하게 남친이랑 여행 갈 생각이나 하고 있었다니. 내가 그렇게 믿어 왔던 할머니가 맞나? 머릿속에서 지진이 일어났다. 강진이었다.

"몰라."

퉁명스럽게 내뱉고 할머니 방을 나서는데 몸이 휘우뚱하는 터에 고꾸라질 뻔했다.

내가 곁에 없을 때가 오더라도 어쩌고 했던 게 바로 이런 이유였군. 남친이 생겨서 이제 나 따위는 눈에 들어오지도 않는다? 이럴 거면 처음부터 키우지 말았어야지. 아니, 버릴 테면 버리라지. 이 집 아니면 갈 데가 없을까 봐? 널린 게 시설인데. 아니, 그런 데 들어갈 것도 없이 혼자 살면 되지. 열다섯 살인데 못 할 게 뭔가.

대나무 숲에라도 가서 할머니 욕을 하고 싶었다. 알바트로스가 알면 뭐라고 할까. 그는 여전히 할머니 편이겠지? 그 나이에 로맨스라, 과연 선생님이시라니까. 그런 말을 듣느니 안 하는 편이 낫겠지. 아니, 함께 여행을 가는 사람이 혹시 알바트로스? 오래전부터 알아 온 남자라고 하지 않던가. 알바트로스는 할머니가 첫사랑이라고 했고. 엊그제만 해도 철학자의 방에서 한참 이야기를 하고 나와서는 둘 다 내 눈을 피했다. 선생님과 제자가 그렇고 그런 사이? 이건 영화에나 나올 초대박 사건이었다. 과하게 다정하다 싶더니만. 이럴 줄 알았으면 알바트로스도 믿지 말았어야 했는데.

할머니가 외출한 뒤 유노는 어김없이 대문 앞에 나와 있었다. 나는 유노에게 산에 가자고 했다. 유노는 좋다고 하면서도 왜 갑자기? 하고 물었다.

"가서 확인할 게 있어."

"뭔데?"

"동굴. 뱀파이어가 거길 드나드는 걸 봤어."

"와, 정말?"

유노는 내 말이 하얀 거짓말이라는 걸 알면서도 호기심을 내비쳤다. 걸음에 속도를 내면서 어떻게 된 거냐고 물었다. 나는 가 보면 안다고 잘라 말했다. 그 동굴이 어떤 곳인지 그 안에 뭐가 있는지 더 궁금한 쪽은 나였다.

한 번 가 본 곳인데도 밤과 낮의 분위기가 달라서인지 길이 낯설었다. 방향 감각을 잃을 때마다 멈춰 서서 주변을 둘러보았다. 유노는 묵묵히 기다려 주었다.

과연 그 문을 찾을 수 있을까. 혹시 꿈을 꾼 건 아니겠지? 헛것을 보았는지도 몰랐다.

"왜, 길이 생각 안 나?"

"헷갈려."

유노는 눈을 감아 보라고 했다. 몸이 기억하는 쪽이 있을 거라고. 못 이기는 척하고 유노 말대로 해 보았다. 과연 몸이 기억하는 길이 있었다. 잠자리 한 마리가 내 앞을 빙빙 돌며 길잡이가 되어 주었다. 유노는 잠자코 나를 따라왔다.

드디어 웃자란 풀로 둘러싸인 나무문이 보였다.

"여기야? 입구만 봐서는 동굴 같지 않은데? 혹시 소설에 나오는 방공호 같은 걸까?"

"지금이 일제 강점기나 육이오 때도 아니고 방공호는 무슨."

"일단 나 혼자 들어가 볼게."
"같이 들어가."
"뱀파이어가 있을지도 모르잖아."
"뱀파이어는 밤에만 와."

유노는 하긴 그렇겠네, 하면서도 굳이 나를 밀어냈다. 닫힌 문 앞에서 나는 멍해졌다.

어두침침한 길이 이어지다 물웅덩이가 나타나고, 웅덩이에서 몸통이 커다랗고 피부가 울퉁불퉁한 괴생물체가 불쑥 튀어나오고. 그것이 유노를 위협하고……. 상상은 끝없이 뻗어 나갔다.

역시 이 모험은 하지 말았어야 했을까. 아니, 할머니가 왜 이런 데에 드나드는지 알아내야만 했다. 문을 열고 안으로 성큼 발을 내디뎠다.

두 평 남짓한 공간에 작은 탁자와 의자, 탁자 보와 방석, 건전지로 불을 밝히는 허브 향초가 놓여 있었다. 기괴한 동굴은커녕 아담한 쉼터 분위기였다.

"희야, 뱀파이어가 드나드는 곳이라고 하기에는 너무 아늑하지 않아?"
"그러네."
"근데 여기 말이야, 묘하게 너네 집 분위기가 있어."
"우리 집 분위기?"
"어. 그 특유의 분위기."

사는 사람은 모르는, 다른 사람의 눈에 비치는 우리 집 분위기는 어떤 걸까.

"너네 집 화단처럼 정성스러운 손길이 느껴진다는 거."

듣고 보니 할머니가 가꾸어 놓은, 할머니만이 낼 수 있는 분위기였다.

"할머니 별명이 뱀파이어야."

"그럼, 네가 봤다는 뱀파이어가 솔라 할머니?"

"응."

"그러니까 이건 우연이 아니라는 거네. 태양을 보면 재로 변하는 게 뱀파이어인데, 솔라라. 아이러니하다."

"근데 네 말대로 우리 할머니가 이렇게 가꾸어 놨다면, 그 이유가 뭘까?"

"그거야 알 수 없지. 솔라 할머니한테 여쭤보는 수밖에."

"할머니는 내가 여기 온 것도 몰라. 당분간 할머니한테 말 안 할 거야. 지금은 더 중요한 게 있어."

"뭔데?"

나는 가면서 얘기하자고 말하고 앞장섰다. 문을 나서면서 유노는 껌 좀 씹는 아이들이 알면 아지트 삼기에 딱 맞을 장소라고 했다. 그렇게 되면 할머니가 여기에 오는 일은 없겠지만 할머니가 지금까지 오는 이유를 알아내기 전까지는 이곳을 지금대로 보존해야만 했다. 유노와 나는 풀과 나뭇가지를 끌어모아 문을 꽁꽁 싸매듯 가렸다.

우리는 천천히 산길을 내려왔다. 햇빛에 노출된 나무들은 초록을 한껏 뽐내며 길을 열었다가 막고, 다시 열어 주곤 했다.
"더 중요한 게 뭐야?"
"우리 할머니 말이야, 여행을 가겠대. 그것도 남자랑."
"그래? 그때 공원에서 같이 산책하던 분이 남친 맞아?"
"그건 모르겠고. 오랫동안 알아 온 사람인데, 기대고 싶다나 뭐라나? 그럼, 말 다 했지 뭐."
"사랑하는 사람과 함께 있고 싶은 건 당연하니까."
할머니 남친이 제자라고 하면, 유노도 저렇게 나오지는 않겠지. 속이 부글거렸다.
"됐으니까 그만해."
"희야, 그분을 만나 보면 어떨까? 나라면 그럴 거야."
"내가 미쳤어?"
그렇게 말해 놓고도 솔깃했다. 이참에 남친이 누구인지 알아내고, 그 사람과 담판을 지을까. 내 표정을 본 유노가 한번 해 보라며 눈을 깜박였다.
"어떻게 만나? 연락처도 모르는데."
연락처 알아내는 거야 어렵지 않다고, 유노는 휴대전화를 흔들었다. 인권침해이긴 한데, 이런 경우에는 어쩔 수 없지 않겠냐고.

머릿속이 안개가 낀 것처럼 부옜다. 밤의 부스러기를 털어 내지 못해 뭉그적거리다가 아침 식사 시간을 놓쳤다. 입맛도 없었다. 해리 이모는 굳이 먹으라고 했다. 대청소하려면 힘이 필요하다고. 대청소요? 했더니, 분위기 전환을 위해서,라고 했다. 그제야 아진이 돌아오는 날이라는 게 떠올랐다. 아이들은 벌써 제 방 청소를 끝낸 모양이었다. 어쩔 수 없다 싶어 청소기를 들었다. 방 청소에 이어 화단의 잡초를 뽑는 사이 시간이 훌쩍 지나갔다. 몸을 많이 움직인 터에 배가 고파 점심이 기다려졌다.

피자가 배달되고 이내 아진이 왔다. 쭈뼛거리는 아진을 할머니는 반가이 맞아 주었다. 아진은 고개를 떨어뜨린 채 말이 없더니 무릎을 꿇었다. 할머니는 그만 일어나라고 하며 아진의 손을 잡아 일으켰다.

"잘못했어요. 복지관 애들한테 얻어먹기만 해서 저도 한 번 사 주고 싶어서……."

"그래, 앞으로 그런 일이 있으면 먼저 말하고."

해리 이모도 괜찮다며 웃음을 지었다.

"할머니를 신고한 건……."

"그 얘긴 파출소에서 충분히 했으니까 안 해도 돼. 네가 그렇게 한 데에는 내 책임도 있고 말이야."

"정말 죄송해요. 폭력 사건에 휘말리고 나니까 그게 얼마나 나쁜 일인지 알게 됐어요."

"그래, 알았으면 됐다."

아진은 고개를 들지 못했다.

"아진아, 많이 힘들었지?"

동화가 먼저 손을 내밀었다.

"미안해."

아진이 고개를 떨군 채 말했다.

"너 안 오는 줄 알고 걱정했어."

"내가 여기 말고 갈 데가 어딨어? 뭐, 갈 데가 있어도 왔을 거야. 니들 보고 싶어서."

아진의 눈에 눈물이 그렁그렁했다. 동화의 말이 아진의 마음을 돌려놓은 듯했다.

"나도 보고 싶었어."

"고마워, 동화야. 너희 모두 미안하고."

아진이 울먹였다.

"징징대는 거 하지 말자고요. 그것보다 언닌 죽어서 뭐가 된다면 뭐가 될 거야?"

아진은 뜬금없이 무슨 말이냐는 표정으로 혜림을 바라보았다. 할머니는 꽃, 동화 언니는 붓, 가영인 바람, 희야 언니는 빗소리. 그 이유에 대해서도 혜림이 말해 주었다.

"크리스마스 선물. 왜냐하면 크리스마스 선물 받았을 때 가장 행복했거든."

"언니, 이참에 교회 다녀 보는 게 어때?"

"노노, 회개하다가 아무것도 못 할 거야."

모두 웃음을 터뜨렸다. 할머니는 미소를 띠며 우리에게 자유 시간을 가지라고 했다.

아진은 머쓱한 듯 쉬겠다며 제 방으로 들어갔다. 나머지는 각자 거실에서 휴대전화로 유튜브를 보거나 게임, 인터넷 서핑을 했다. 말 없는 눈들이 조용조용 움직이는 물고기를 닮았다.

할머니가 화장실에서 끅끅거리는 소리가 났다. 점심도 걸렀는데 또 체한 건가? 은근히 걱정되었다. 순간, 탁자에 놓인 휴대전화가 눈에 들어왔다. 할머니의 남친 전화번호를 알아낼 절호의 기회였다. 얼른 휴대전화를 집어 들고 내 방으로 들어왔다. 우선 휴대전화 잠금을 풀 패턴을 알아내야 했다. 국어 선생님이었던 걸 생각해서 ㄱㄴㄷ 순으로 해 봤는데 안 되었다. 할머니가 패턴에 그다지 신경 쓸 것 같지는 않았다. 다음으로 간단한 Z를 그렸다. 잠금이 풀어졌다.

밥은 잘 먹냐, 잠은 잘 자냐, 목소리 듣고 싶다……. 문자를 많이 주고받은 사람이 있었다. 할머니에게 소소한 안부를 묻고 다정하게 반말하는 사람이 있다는 게 신기하고 샘도 났다. 그가 보내 준 명언과 음악이 담긴 동영상도 있었다. 네가 좋아할 것 같아서. 그 나이에 너무 유치한 거 아닌가? 나는 너한테 해 줄 것도 없는데. 나는 네가 더 이상 뭘 해 주길 바라지 않아. 그저 너라는 태양 뒤에서 너를 빛나게 해 주는 존재이고 싶을 뿐이야. 이건 또 뭐지? 곱씹을수록 매혹적인 말이었다. 이런 말을 들었을 때 할머니의 기분은 어땠을까.

이 사람이 남친이었군. 알바트로스가 아니라 다행이라는 생각이 들면서도 가슴이 오그라들었다. 나는 그에게 연락했다. 그는 약간 당황하는 듯하더니 이내 만나자고 했다. 언제 시간 있냐고 물었다. 모레 낮에 만나자는 대답이 돌아왔다. 혹시 백수? 하긴 할머니도 은퇴했으니까 그쪽도 은퇴했겠지.

*

"언니, 오늘 우리랑 봉사활동 가지 않을래?"
가영이 물으며 아진이도 같이 갈 거라고 했다. 아진이 폭력 사건에 휘말렸던 벌로 사회봉사를 해야 한다고. 옆에 있던 해리 이모도 같이 가자고 했다. 나도 한번 가 보고 싶기는 했지만 뭘 해야 할지 몰라 자신이 없었다.
"제가 할 수 있는 일이 있을까요? 가영이는 노래하고 춤도 추지만."
"할 일은 얼마든지 있어. 식사 수발이나 양치 보조 같은 것도 있고, 치유정원 산책, 말벗을 해 드려도 되고……."
거동이 어려운 어르신들이 휠체어로 이동할 때 도움을 줄 수도 있었다. 샤워 후 머리 말리기, 로션 바르기를 비롯해 책 읽어 드리기, 마사지까지. 오늘은 프로그램에 따라 운동과 풍선 놀이를 도우면 되었다.
내가 가겠다고 하자 가영이 손뼉을 치며 웃음을 머금었다.
요양원으로 가는 내내 가영은 우리가 할 일과 경험담을 들려주었다. 오랜만에 가는 봉사활동이라 어르신들이 더 반긴다고.

요양원에 도착하자 요양보호사들이 입구까지 나와 맞아 주었다. 새로운 인물이 등장하면 그렇듯 모두의 눈길이 나와 아진에게 쏠렸다. 연극 무대에 선 것처럼 어색해서 손이 자꾸 뒤통수로 올라갔다.

식사를 마친 어르신들의 긴장을 풀어 드릴 겸 건강 박수와 체조를 시작했다. 해리 이모가 모든 것을 이끌었다. 그녀는 아이들뿐 아니라 어르신들의 마음도 잘 알고 보듬어 주었다. 해리 천사! 모두 이모를 그렇게 불렀다.

다음은 풍선 도장 놀이였다. 해리 이모는 준비해 온 풍선과 물감, 종이 접시와 전지를 탁자에 펼쳐 놓았다. 가영은 풍선에 물을 넣어 어르신에게 건넸다. 아진과 나는 풍선에 물감을 묻혀 도장을 찍고, 도장을 찍을 때의 촉감을 나누었다. 단순한 활동인데도 도장 자국의 색감과 모양이 다양해서 결과물은 퍽 근사했다. 이어서 풍선을 이용한 배구 놀이가 시작되었다. 풍선을 던지고 잡으며, 넘어지기도 하면서 모두 열심이었다. 마지막은 풍선 놀이의 하이라이트인 풍선 터뜨리기. 양팔을 조여 터뜨리거나 둘씩 끌어안아 터뜨렸다. 우리 셋은 풍선을 터뜨리지 못하는 분들의 풍선을 엉덩이로 깔고 앉았다. 풍선이 터지는 소리와 함께 웃음소리가 터져 나왔다.

"잘하셨어요. 몸이 뻐근하시죠?"

해리 이모가 묻자 모두 기다렸다는 듯 어깨를 두드리고 팔다리를 주물렀다.

"자, 그럼 수건 스트레칭을 해 볼까요? 모두 자리에서 일어나 주세요."

이번에는 아무도 반응을 보이지 않았다. 해리 이모가 알아차리고 귀찮으세요? 하고 물었다. 그제야 모두 고개를 끄덕였다. 결국 손을 위로 들어 올리거나 뻗는 관절 스트레칭과 고개 돌리기, 손뼉치기로 대신했다.

"다음엔 뭘 할까요?"

"양머리 접기."

분홍색 꽃무늬 니트를 입은 할머니가 말하자 여기저기서 좋다는 말이 나왔다. 여러 번 해 본 듯 대부분 손쉽게 수건을 접어 머리에 썼다. 가영과 아진, 나는 양머리를 접지 못해 쩔쩔매는 분들을 도왔다. 모두 양머리 모양의 수건을 쓰고 사진 찍을 포즈를 취했다. 아이들처럼 해맑은 모습이었다.

마지막은 가영의 차례였다. 무명이었다가 최근에 정상의 반열에 오른 가수가 원곡의 가사를 바꿔 부른 트로트 〈옆집오빠〉였다. '스타일 짱인 오빠가 집에 놀러 오면, 빵빵 웃겨 주겠다'고 열창하면서 춤까지 보여 주었다. 가영을 따라 몸을 흔드는 분들도 있었다. 한껏 열기를 뿜어낸 가영의 무대를 끝으로 봉사활동을 마쳤다. 아진은 한 분 한 분 돌아가며 안아 주었다.

또 오라고 하며 손을 흔드는 어르신들을 뒤로하고 요양원을 나섰다. 늙고 병든다는 것, 산다는 것은 무엇일까.

"희야랑 아진이, 어땠어?"

"우리 아빠도 곧 요양원으로 갈 것 같아서 기분이 이상했어요."
아진의 말이 충분히 이해되었다.
"전 거기 계신 할머니, 할아버지가 짠했어요. 이건 좀 이기적인 마음인데, 우리 할머니가 건강해서 다행이라는 생각도 들었고요."
"그 마음 이해해. 할머니는 희야가 있어서 행복하시겠다."
"근데 내 춤은 어땠어?"
우리는 가영을 향해 최고였다고 엄지를 들어 올렸다.

드디어 할머니의 남친을 만나기로 한 시간이 다가왔다. 나름 단정한 차림으로 집을 나섰다. 긴장을 풀기 위해 천천히 걸었다.
카페에 들어서자마자 나이가 지긋한 남자가 나를 향해 손을 들었다. 단번에 그라는 직감이 왔다. 티셔츠에 청바지, 자연스러운 컬이 살아 있는 머리 스타일, 멋이 느껴지는 걸 보면 유노가 공원에서 봤다는 사람인가?
"네가 희야 맞지?"
목소리에 울림이 있었다. 이 목소리에 할머니가 반한 거군.
"예, 안녕하세요?"
"반갑구나. 할머니한테 네 얘기 많이 들었다."
나는 예에,라고 기어들어 가는 소리로 말했다. 나는 적을 모르는데 적은 나를 알고 있다? 정신을 바짝 차려야 할 터였다. 그는 허브차를, 나는 코코아를 주문했다.

"그래, 무슨 일로 나를 만나자고 했니?"

"저기, 저……."

"코코아 먼저 마시고 천천히 얘기해라."

자상한 것까지는 좋은데, 목소리가 처음과는 달리 약간 느끼했다. 머리만 해도 앞가르마를 탄 것이 일부러 멋을 낸 티가 났다. 혹시 겉만 그럴싸한 뺀질이?

그가 찻잔을 들 때 나도 얼른 잔을 들었다. 코코아가 너무 뜨거워서 급히 잔을 내려놓다가 탁자와 바지에 흘렸다. 그가 얼른 손수건을 건네주며 냅킨으로 탁자를 닦았다. 입을 데지 않아 다행이었지만 조심성 없는 것을 들켰으니 얼굴이 달아올랐다. 싸움을 시작도 하기 전에 밀리고 있다는 느낌이 들었다.

먼저 만나자고 했으니 용건을 말해야 하는데, 뭘 물어야 하지? 사랑이라는 단어만 혀끝에 맴돌았다. 용기를 내기 위해 그와 눈을 맞추었다.

"우리 할머니, 사랑하세요?"

내 귀에도 도전적으로 들렸다.

그는 무슨 말이냐? 하는 표정이더니 음 그게 말이다, 하고는 입을 다물었다. 너라는 태양 뒤에서 너를 빛나게 해 주는 존재 어쩌고, 문자를 보낸 사람의 반응치고는 싱거웠다. 이건 뭐지? 내가 뭘 착각했나?

"평균 수명도 길어졌으니까 사랑해도 늦지 않잖아요."

마음에도 없는 말이 튀어나왔다.

"그래, 네 말도 맞긴 하다만……."

그가 우물쭈물하며 말끝을 흐렸다. 가늘게 뜬 눈에 묘한 빛이 드리우고, 입꼬리가 올라가는 걸 애써 감추는 표정이었다. 저런 사람이 할머니가 기대고 싶은 사람이라고? 배신감이 느껴졌다. 그에게 할머니를 빼앗길 것 같아 질투했을 때가 차라리 나았다는 생각마저 들었다. 아니, 같이 여행까지 간다면서, 뭐지? 나를 얕보고 이러는 건가?

"같이 여행도 가실 거라면서요?"

"여행? 네 할머니와 내가?"

그의 눈썹이 꿈틀하고 이마에 주름이 잡혔다.

"다음 달에 두 분, 여행 가시기로……."

그는 무슨 생각을 하는지 이번에도 대꾸가 늦었다.

"네 할머니 바빠서 옛 동아리에서 가는 여행도 못 간다고 하던걸?"

그러니까 단둘이 여행을 가는 건 아니다? 그렇다면 내가 번지수를 잘못 찾은 건가?

"네가 뭘 잘못 알고 있는 거 아니냐?"

무슨 말을 해야 할지 몰라서 그런 것 같다고 얼버무렸다. 긴장을 놓지 말고 숨을 골라야 할 타이밍이었다. 편으로 치자면 할머니와 내가 편을 먹어야 하는데, 내가 엉뚱한 사람한테 할머니의 사생활을 말해 버린 건가? 어떻게 수습하지?

"저기, 저……."

우리가 만난 것은 물론, 여행에 대해서도 할머니에게 비밀로 해 달라고 했다. 그는 그러겠다고 했지만 석연치 않은 표정이었다. 나야말로 머릿속에 실타래가 엉킨 기분이었다. 스피커에서 흘러나오는 랩에 모든 걸 실려 보내고 싶었다.

그와 헤어져 돌아오면서 유노에게 톡으로 사실을 알렸다. 그는 할머니한테 관심이 없는데 할머니가 오버한 거라고. 그와 여행을 가는 것도 아니라고. 진짜 남자 친구는 따로 있는 건지, 뭐가 뭔지 모르겠다고. 유노는 감정을 누르고 조금 더 지켜보라고 했다.

잠이 오지 않아 화단으로 나왔다. 어둠 속에서 꽃과 나무들은 저마다의 색을 품고 잠들어 있었다. 오늘따라 목련이 손짓하며 부르는 느낌이었다. 희야, 이 꽃은 나무에 피는 연꽃이라고 해서 목련이란다. 꽃이 북쪽을 향해 피어. 왜? 옥황상제의 딸이 북쪽 바다의 신과 사랑을 이루지 못해 죽고 말았거든. 슬픔에 빠진 옥황상제가 공주를 기리기 위해 꽃으로 피어나게 했대. 사랑을 이루지 못한다고 죽기까지 해? 사랑이란 그런 거야. 자기를 내던지는 거. 사랑, 그거 할 게 못 되네. 그렇게 생각해? 하며 할머니가 웃었었다.

"희야, 왜 나와 있어?" 할머니였다.

"그냥."

"우리 희야는 좋아하는 사람 없어?"

내가 유노를 좋아하는 걸 눈치챘나? 그럴 리 없는데 무슨 말이지? 마음을 들키지 않아야 할 텐데.

"좋아하는 사람이 없는 사람도 있나?"

"생각하면 심장이 두근거리고 뭐든 해 주고 싶은 사람 말이야."

나는 일부러 딴청을 부리며 대답하지 않았다.

"사랑의 열병을 앓아 봐야 인생이 뭔지 알게 돼."

사랑의 열병, 그건 어떤 거지? 유노에 대한 내 감정도 사랑이라고 할 수 있을까. 열병은 더더욱 아니지 않나? 그게 어떤 것이든 할머니가 말하는 사랑과는 빛깔이 다를 것 같았다. 할머니는 사랑의 열병을 앓아 봤을까? 왠지 그랬을 거라는 느낌이었다.

"내 첫사랑 얘기해 줄까?"

궁금했지만, 관심 없는 척 대꾸하지 않았다. 내가 듣거나 말거나 할머니는 이야기를 계속할 생각인 듯했다.

"짝사랑이었어."

짝사랑? 꼭 들어야 할 것 같았다.

"짝사랑도 사랑이야?"

"짝사랑이야말로 진짜 사랑이지. 아무것도 기대하지 않고 마음껏 사랑할 수 있으니까."

허걱, 사랑하는데 어떻게 기대를 안 하지? 내가 유노를 좋아하는 것처럼 유노도 나를 좋아하기를 바라는 게 맞지 않나?

"근데 말이야, 영원한 짝사랑은 없나 봐. 그도 그 시절에 나를 좋아했었다고 뒤늦게 고백하더라. 그 말 듣는데 뭐랄까, 그동안의 세월을 보상받은 느낌이었어."

그러니까 첫사랑하고 여행을 가신다?

"그래서 다시 사귀기로 한 거야? 여행도 가고?"

"아니, 그거로 끝이야."

"치, 그게 뭐야?"

"뭐긴, 이루어지지 않은 사랑이지."

할머니는 쓸쓸한 표정이었다가 애써 웃음을 띠었다. 할머니의 첫사랑은 누구일까? 설마, 문자 할아버지? 그도 여행과는 무관한 사람인데. 그렇다면 여행은 누구랑 가는 거지? 혹시 유노가 봤다는 사람? 그 사람을 어떻게 알아내지?

할머니와 나는 함께 있지만 각기 다른 곳을 바라보고 있는 느낌이었다.

"우리 희야는 아름다운 사랑을 하게 될 거야. 꼭!"

할머니는 내게 또 마법을 걸었다. 할머니의 남친에 대한 의문으로 머릿속이 복잡한데도 기분이 튀어 올랐다. 유노, 너 나를 만만히 보지 마라. 나는 언젠가 아름다운 사랑을 할 테니까.

과연 내게 그런 일이 일어날까?

*

아침저녁으로 바람이 선선해지더니 매미 우는 소리가 잦아들고, 귀뚜라미가 울기 시작했다. 좋은 일이 생기면 할머니가 문에 걸었던 쇠비름, 땅바닥에 붙어서 삶을 만끽하는 땅빈대, 분홍색 꽃이 앙증맞고 꽃 한 송이가 수만 개의 씨앗을 만드는 타래난초도 몸을 낮추기 시작했다.

할머니는 무슨 일을 할 때도, 하지 않을 때도 안절부절못했다. 영양제라며 약을 한 움큼씩 먹고는 멍하니 앉아 있기 일쑤였다. 그 와중에도 2주일에 한 번씩 하는 외출은 계속했다. 한밤중 외출도 드문드문 이어갔다. 매번 숲속의 그 비밀스러운 공간에 가는 것인지 다른 곳에 가는 것인지는 알 수 없었다.

또 어딘가에 가려는지 외출 준비를 하는 할머니의 움직임에 신경을 곤두세웠다. 드디어 할머니가 대문을 나섰다. 왠지 따라가고 싶었다.

이번에도 할머니는 산으로 향했다. 이따금 걸음을 멈추고 숨을 골랐다. 희미한 반달이 위태롭기만 한 할머니를 비춰 주었다.

드디어 나무문 앞에 다다른 할머니는 하늘을 한참 올려다보더니 저번처럼 가슴을 쓸어내렸다. 그것은 무슨 의식처럼 보였다. 나는 몸을 낮추고 숨을 죽였다. 이번에는 혼자 돌아가지 않을 생각이었다. 비밀을 알아내고야 말 것이다. 이럴 줄 알았으면 도청 장치라도 해 놓는 건데. 엉뚱한 생각에 빠져 있다가 몸의 균형을 잃었다. 순식간에 엉덩방아를 찧고 입에서 앗, 소리가 크게 나왔다. 할머니가 뒤를 돌아보았다. 어떻게든 도망쳐야 하는데 일어설 수가 없었다. 엉거주춤한 자세로 할머니와 눈이 마주쳤다. 돌이킬 수 없는 상황이었다. 할머니가 내게로 다가왔다.

"희야?"

할머니는 이게 무슨 일이냐, 다친 데가 있는지 보자, 하며 내 팔다리를 어루만졌다. 괜찮다고 해도 잡고 일어나라며 어깨를 내 몸 가까이에 댔다. 가까스로 일어섰다. 엉덩이가 조금 아플 뿐, 다친 곳은 없었다. 내가 일어서서 걸음을 떼는 것을 보고도 할머니는 어쩔 줄을 몰랐다. 산에서는 조심해야지, 중얼거리며 허리를 굽혀 내 발과 발목을 살폈다. 엉덩이의 흙을 털어 주고 옷에 붙은 나뭇잎을 떼어 주었다.

"이 밤중에 여긴 어쩐 일이야?"

"그냥."

할머니가 나를 지그시 바라보며 손을 내밀었다.

"누가 나를 잡아가기라도 할까 봐? 돈 주고 가져가라고 해도 안 갖고 갈걸?"

언젠가 할머니가 알바트로스에게 했다는 말이 떠올랐다. 나는 팔아 버리고 싶은 게 너무 많거든. 그중에서 가장 먼저 팔아 치우고 싶은 건 나야······. 벌써 몇 년째 할인 중인데 아무도 안 사 가네.

"아직도 세일 중이야?"

"뭐?"

"아직도 세일 중이냐고?"

할머니는 무슨 말인지 모르겠다는 표정이었다가 기억이 되살아난 듯 알바트로스도 참, 별 소릴 다했구나, 하며 웃었다.

"세일 중이면 내가 살게. 마감 세일 가격으로."

"아서라, AS 비용을 어떻게 감당하려고?"

우리는 웃으며 함께 문안으로 들어섰다.

유노와 왔을 때와 달라진 것은 없는데, 또 다른 분위기로 다가왔다.

할머니는 특별한 뭔가를 말하려는 듯 나와 눈을 맞추고 숨을 골랐다.

"여긴 내 케렌시아야. 스페인어로 자기만의 안식처라는 뜻이지."

투우장의 소가 투우사와의 마지막 일전을 앞두고 숨을 고르는 장소. 소만 아는 그곳에 있을 때 소는 두려울 게 없었다.

"안식처가 뭐 이래?"

일부러 퉁명스럽게 말했다.

"딸을 만나는 곳이거든."

"……"

"전에 딸이랑 여기에 자주 왔어."

그때는 잎이 무성한 나무 한 그루가 있었을 뿐 이런 공간은 없었다고 한다.

할머니는 그 나무가 있었던 자리에 가끔 찾아오곤 했다. 태풍이 지나간 뒤 나무는 쓰러지고 그 자리에 한 사람이 거적을 덮은 채 잠들어 있었다. 할머니는 그에게 몇 번 옷과 음식을 가져다주었다. 어느 날부터인지 그가 이 공간을 만들어 지내고 있었다. 밤마다 삽으로 팠어요. 처음에는 그저 굴 같은 곳이었는데, 차차 방 모양을 갖추었다. 할머니는 그에게 책과 필기도구, 소품들을 가져다주었다. 그뿐, 그에 대해서는 아는 바가 없었다. 아무것도 묻지 않았으니까. 어느 날 그가 사랑하는 사람을 잃었다고 고백했다. 할머니는 그를 안아 주었고, 그는 하염없이 울었다. 할머니는 그에게 그저 살아 있기만 하라고 했다. 그러면 된다고. 삽질했을 때 마음이면 살 수 있을 거라고. 그는 그러겠다고 약속했다. 얼마 전에 그가 어떻게든 살아 보겠다는 편지를 남기고 떠났다.

"여기 오면 마음이 편안해져. 천국도 여기만은 못할 거야."

이 공간과 시간은 물론, 할머니의 이야기마저 비현실적으로 느껴졌다. 문을 나서는 순간, 모든 게 흔적 없이 사라져 버릴 것 같았다.

밖으로 나온 뒤 할머니는 한쪽 팔로 내 어깨를 두른 채 하늘을 올려다보았다. 별이 총총했다. 까치발로 서자 키가 커지는 기분이었다. 이렇게 별에 가 닿을 수 있다면. 상상하자 동화 속에라도 들어간 기분이었다.

"아이들은 언제 어른이 돼?"

"이 나무들을 봐라. 햇볕을 받고 비바람 눈보라도 맞고, 어둠을 견디고 이겨 내면서 자란단다. 아이들도 그러다 보면 어른이 되고."

"어른이 된다는 건 어떤 거야?"

"글쎄, 중요한 건 어른도 끊임없이 자라야 한다는 거야. 그러지 않으면 늙는 거지."

이런 말을 하는 할머니라면 늙지 않아야 했다. 그런데 요즘 할머니는 늙기로 작정한 사람 같았다.

"요즘은 왜 운동도 안 하고 배우던 것도 다 그만뒀어?"

"좀 쉬고 싶어서."

"인생 2막의 시작이라며? 보디 프로필도 찍고 시니어 모델도 한다며?"

"그저 한번 생각해 봤던 거야. 꼭 해야 할 이유도 없고. 충분히 즐겼는걸."

"그건 그렇다고 쳐. 근데 술은 왜 마셔?"

"아이쿠, 우리 희야한테 들켜 버렸네."

할머니는 이마에 손을 대며 웃었다.

"지금이 웃을 때야? 얼렁뚱땅 넘어가려고 하지 말고 말해 봐."

"잠이 안 와서."

"잠이 안 오면 책을 보면 되잖아. 책은 수면제이기도 하다며?"

할머니는 그러네, 하면서 또 웃었다. 모든 문제는 문제의 심각성을 모르는 거라고 했다. 할머니는 자신의 문제가 뭔지 모르고 있었다.

"맨날 듣는 그 첼로곡 말이야. 듣고 있으면 멀쩡한 사람까지 우울해지니까 그만 들어."

"그렇게 말하는 거 보니까 우리 희야도 그 곡이 좋은가 보네."

할머니 말이 맞았다. 도입부부터 슬픈 멜로디에 가슴이 에이었다. 중반부를 지나면 어김없이 눈물이 핑 돌았다.

"몰라. 듣지 말래도."

"나는 영원히 잠들 때, 그 곡 듣고 싶은데."

"뭐야? 또 이상한 소릴 하고 그래?"

할머니는 고개를 들고 하늘을 쳐다보았다. 하늘은 고요해서 잠든 것 같았다.

"첫사랑 말이야, 어디가 그렇게 좋았어?"

"글쎄. 딱히 어디가 좋았다기보다 생각만 해도 좋았어. 먼발치에서 바라보기만 해도 가슴이 두근거리고."

"어떤 사람이었는데?"

"산 같은 사람. 내 마음이 늘 파도를 쳐서 그랬을 거야."

"지금도 옛날처럼 그래? 사람 마음은 변하잖아."

"우리 희야가 뭘 좀 아네. 마음이란 붙들어 매어 놓을 수가 없는 거지. 하지만 세월이 아무리 흘러도 변하지 않는 마음도 있어."

아무것도 기대하지 않는 사랑을 그토록 오래 해 왔다고? 바보 아냐? 나는 그러지 못할 것 같았다. 상대가 유노라고 가정해 보니 기분이 이상했다. 어쨌거나 유노에 대한 마음을 들켜서는 안 되었다. 화제를 바꾸는 게 나았다.

"학생들이 왜 뱀파이어라고 했는지 알아?"

할머니는 이번에도 알바트로스도 참, 하면서 말문을 열었다.

"저희들 딴에는 나를 좀 이상한 사람이라고 생각했던 거겠지. 세상에 존재하지 않는 사람이라고 여기고 싶었는지도 모르고. 아이들은 판타지를 꿈꾸잖아."

그것도 할머니의 추측일 뿐이었다.

그 별명이 싫지 않았냐고 물었다. 할머니는 그 별명이 자신을 지켜 주는 것 같았다고 했다. 알바트로스가 한 말과 비슷했다. 또 하나의 자아. 자기 안에 숨겨 두고 싶은 것이기도 하고 그 안에 숨을 수도 있었다.

지켜진 아이

할머니의 케렌시아에 다녀온 뒤 머릿속의 지진은 소강상태로 돌아섰다. 시간을 조금만 더 달라는 할머니의 말을 믿고 기다리기로 했다. 할머니가 예나 지금이나 나를 사랑하는 것은 분명하니까.

할머니가 정기적으로 외출하는 날인데 비가 부슬부슬 내렸다.
"남친 만나러 가?"
아니,라는 말을 듣고 싶었는데 할머니가 웃음을 지었다.
"응. 점심을 사겠대. 주방장 마음대로 재료를 선택해 만들어주는 초밥집인데 요즘 핫한 데래."

누구인지는 모르겠지만 그깟 초밥으로 할머니 마음을 얻으려고 하다니. 그에 대한 반감이 치밀었다. 이참에 누구인지 확인하고, 데이트에 훼방도 놓고 싶었다.

유노에게 톡을 보냈다. 값비싼 초밥을 먹을 기회라고. 유노는 꼭 그래야겠냐고 하면서도 내가 원한다면 같이 가 주겠다고 했다. 할머니에게 가게 이름을 물었다. 할머니는 우물쭈물하다가 겨우 생각났다는 듯 알려 주었다. 시내에 있는 백화점 근처에 있다고. 검색해 보니 과연 있었다.

할머니가 버스를 탄 뒤 유노와 나는 카카오 택시를 불렀다.

30분이 지나도 할머니는 나타나지 않았다. 유노와 나는 혹시나 해서 초밥집 안으로 들어가 보았다. 다섯 개의 테이블이 다 차 있었지만, 할머니도 할머니의 남친 비슷한 사람도 없었다.

"초밥집 이름 물어봤을 때 미행할 거라고 눈치챘을까? 지금 생각해 보니까 둘러대는 느낌이긴 했어."

"그럴 수도 있지. 넌 얼굴에 감정이 다 드러나거든."

얼굴이 화끈거렸다.

솔직한 게 나쁜 건 아니지,라고 하면서 유노가 달달하고 시원한 팥빙수를 먹자고 했다.

오늘은 달고 시원한 것도 기분을 바꾸는 데 별로 도움이 되지 않았다.

"너, 요즘 솔라 할머니한테 너무 집착하는 거 아냐?"

틀린 말은 아니지만 속이 약간 뒤틀렸다.

"집착? 내가?"

"응."

"집착이라는 말, 그렇게 쉽게 아무 데나 써도 되는 거야?"
"그러니까 이럴 때 쓰는 거 맞잖아."
이번에는 뒤틀린 속에서 불이 났다.
"너는 엄마 아빠 얼굴도 못 본 사람 기분 알아?"
갑자기 튀어나온 말에 스스로도 놀랐다.
"어?"
"그 기분 한 번이라도 생각해 봤냐고?"
"미안. 내가 생각이 짧았어."
"너는 내가 할머니랑 사는 거 뻔히 알면서 맨날 엄마 아빠랑 이걸 하네 저걸 하네, 입만 열면 자랑질이잖아."
내가 이런 생각을 했나? 유노가 부럽기는 했지만 그렇다고 유노에게 불만을 가졌던 건 아닌데. 왜 이런 억지를 부리는 거지? 내가 유노라면 똥 밟은 기분일 텐데, 유노는 미안해서 어쩔 줄을 모르겠다는 표정이었다. 그런 유노를 보는 게 민망했다. 곧바로 일어나서 쌩하게 밖으로 나갔다. 마음과 행동이 엇박자였다.
거리의 사람들과 사물들이 나를 비웃는 것 같았다. 우산을 쓰지 않은 채 걸었다. 어디로 간다는 생각도 없었다. 다만 이곳을 벗어나고 싶었다. 유노가 나를 부르며 따라왔다. 한번 내디딘 걸음이었다. 씩씩거리면서 앞으로 갈 수밖에.
"비도 오는데, 우리 공원 걷다 들어갈까?"
유노는 우산을 씌워 주며 다시 미안하다고 했다. 뻘쭘해서 입이 떨어지지 않았다. 유노는 이렇게 헤어지면 자기는 아무것도 못 할 거라고 했다. 이번에는 사정조였다. 못 이기는 척하면서 공원 쪽으로 걸었다.

비가 와서 그런지 공원은 한적했다. 말없이 두 바퀴를 도는 동안 마음이 풀어졌다. 유노에게 사과하고 싶은데 타이밍을 자꾸 놓쳤다. 커다란 나무 앞에서 유노가 멈춰 서서 쭈뼛거리더니 불쑥 손을 잡았다. 투박하지만 따뜻한 손의 감촉이 전해져 왔다. 전기가 통하는 것처럼 찌릿했다. 덩달아 가슴이 쿵쿵거렸다. 얘가 왜 이래? 그저 화해의 제스처라고 하기에는 손이 너무 따뜻하지 않나? 눈은 나를 빨아들일 듯한데. 혹시 얘도 나를 좋아하는 건가? 설마. 근데 이 손을 어떻게 하지? 뿌리쳐야 하는데 왠지 그러고 싶지 않았다. 처음으로 손을 잡아야 한다면 비 오는 날이 낫지 않을까. 그 생각에 잠겨 아무 말도 할 수 없었다. 이럴 때 말을 하는 게 더 이상하겠지. 후드득 우산을 때리는 빗방울이 가슴으로 굴러들어 왔다. 또로록 또로록!

"손에 심장이 달렸나 봐. 손이 막 두근거려."

고백을 이런 식으로 하다니. 엉뚱한 말이 빗줄기처럼 가슴에 들어와 박혔다. 할머니 말대로 그런 게 바로 언어의 힘인지도 모른다. 가슴이 두근거리는 것인지 손이 두근거리는 것인지, 그 두근거림 때문에 걸음을 멈출 수가 없었다. 모든 게 비 때문이었다. 비가 오지 않았다면 공원에 오지 않았을 것이고, 유노가 손을 잡지 않았을지 모른다. 유노가 손을 잡았다고 해도 뿌리쳤을 테고, 유노도 손에 심장이 달렸네, 어쩌네 하지 않았을 것이다. 비에게 고마워해야 해야 하나? 앞으로 어떤 삶이 펼쳐질지 모르지만 이렇게 두근거리는 순간은 많지 않을 테니까. 그래서 더욱 소중한 순간이었다. 모든 순간이 그러하듯 이 순간 또한 다시 오지 않겠지. 어느 시인은 모든 순간이 꽃봉오리라고 했다. 그러니 더 열심히 파고들고 말 걸고 귀 기울이고 사랑하라고. 잎들 사이로 얼굴을 내민 꽃과 코를 간질이는 나무 냄새, 초록에 물든 바람, 비에 젖은 새의 날개, 모두가 애틋하게 다가왔다.

할머니는 나보다 먼저 집에 들어와 있었다. 기운이 없어 보이고 표정도 어두웠다. 남친이랑 싸웠나? 그랬다면 땡큐지. 나는 콧노래라도 부르고 싶었다.
"남친은 잘 만났어?"
"그럼, 초밥이 맛있더라. 언제 너도 같이 가자."
나를 따돌리고 오붓하게 잘 드셨군.
"난 초밥 별로야. 파스타라면 몰라도."
할머니는 내 표정을 살피더니 그럼 나중에 파스타 먹으러 가자며 희미하게 웃음을 지었다. 왠지 꾸며 낸 웃음처럼 보였다. 순간, 얼굴이 창백해진 할머니가 욱, 하고 손으로 입을 가리며 화장실로 달려갔다. 초밥 먹고 탈이 나셨군. 그러게, 그딴 걸 왜 먹으러 가냐고.
탁자 위 할머니의 휴대전화에 문자 메시지가 들어왔다. 남친인가? 그깟 초밥 하나로 생색을 내거나 실없는 말을 하면 문자를 지워 버려야지.

뜻밖에 병원이라는 글자가 눈에 들어왔다.

'○○○ 대학교 부천병원 간담췌외과, 이슬라 님, ○월 ○일 ○○시, ○○○ 교수님으로 진료를 예약하셨습니다.'

내일 예약이었다. 이건 뭐지? 건강 검진도 아니고 진료 예약? 궁금해서 어제 들어온 문자를 읽었다. 오늘 날짜에 혈액, 소변 검사, CT 촬영이라고 적혀 있었다. 남자 친구와 초밥을 먹고 온 게 아니라 병원에 다녀온 거라고? 왜 그런 거짓말을 한 거지? 내가 먼저 남친 만나러 가느냐고 물어보긴 했다. 그래서 둘러댔다고 해도 왠지 찜찜했다. 그동안의 정기적인 외출이 데이트가 아니라 병원행?

설마 하면서도 간담췌외과를 검색했다. 간, 담낭, 담도 및 췌장에서 발생하는 양성 및 악성질환을 진단하고 이에 대한 수술적 치료……. 할머니가 이 중 어떤 병을 앓고 있는 건가? 그럴 리가, 예방 차원에서 검사를 받는 거겠지. 그런데 불길한 이 느낌은 뭐지? 간암, 담낭암, 담도암, 췌장암을 검색했다. 다른 암과 비교할 때 수술 후 예후가 좋지 않고 생존율도 낮았다.

밤새 잠이 오지 않았다. 새벽녘에 잠깐 잠들었다가 신발을 잃어버리고 맨발로 낯선 곳을 헤매는 꿈을 꾸었다. 의사를 만나야 한다는 생각이 들었다.

할머니의 진료 예약 시간에 맞추려면 서둘러야 했다. 할머니에게 잠깐 나갔다 오겠다고 말한 뒤 집을 나섰다. 병원은 버스로

20분 정도 걸리는 거리에 있었다. 병원으로 가는 동안 명치가 묵직하고 가슴이 울렁거렸다.

병원에 사람이 이렇게 많을 줄은 몰랐다. 밝은 불빛 아래서도 환자들과 보호자들이 모두 어둠 속에서 서성이는 것처럼 보였다. 할머니의 진료 예약 시간이 가까워지고 있었다. 간담췌외과 접수대가 보이는 곳에 숨어 할머니가 나타나기를 기다렸다.
드디어 할머니의 모습이 보였다. 알바트로스와 함께였다. 두 사람은 팔짱을 낀 채 접수대를 지나 진료 대기실로 갔다. 뒷모습만으로는 다정한 연인처럼 보였다. 대기실은 개방되어 있어 주의가 필요했다. 전광판 윗부분에 할머니의 이름이 떠 있었다. 할머니와 알바트로스가 진료실로 들어가자 나는 대기실로 향했다. 모자를 눌러 쓴 채 맨 뒷자리에 앉아 있는데 환자와 보호자들의 목소리가 귓바퀴에 웅웅거렸다. 한참 만에 진료실에서 나온 두 사람은 간호사와 무슨 말을 주고받고는 대기실을 나갔다. 그 사이 다음 순번 환자가 진료실로 들어갔다. 앞자리로 옮겨 앉았다가 그가 나오자마자 잽싸게 진료실 안으로 들어갔다. 뒤에서 간호사가 학생, 학생, 하고 불렀지만 무시했다.
"조금 전에 진료 보고 나간 할머니 손녀인데요. 우리 할머니, 어디 아파요?"
의사가 어리둥절한 표정으로 나를 훑었다. 나는 할머니 이름을 대고 잇달아 할머니 생일과 전화번호를 말했다. 의사가 내게 자리에 앉으라고 했다. 노크 소리에 이어 간호사가 들어와서 대기 환자가 어쩌고 하자 의사는 괜찮으니 나가 있으라고 손짓했다. 간호사는 나를 흘끗거리면서 문을 나섰다.

"모르고 있었니?"

의사는 내 얼굴을 보며 잠시 머뭇거리다가 주먹 쥔 손을 입 가까이에 대면서 말문을 열었다.

"할머니가 아프셔."

가슴이 벌렁거렸다.

"어디가 아파요? 많이 아파요?"

"곧 수술을 받으실 거야. 일주일 정도 입원하실 거고."

온몸에서 힘이 빠졌다. 할머니가 일주일 동안 여행을 가는 게 아니라 수술을 받는 거였다니. 수수께끼가 풀렸지만, 아뜩했다.

"수술이요? 무슨 수술이에요?"

의사는 나를 향해 마음을 가라앉히라는 손짓을 하고는, 췌장암이라고 했다.

암이라니, 그것도 예후가 좋지 않다는 췌장암이라니. 믿을 수도 없고 믿고 싶지도 않았다.

"우리 할머니, 아픈 데 없는데요."

"췌장암은 증상이 없는 경우가 많아. 그래서 조기 발견이 어려운 암이지."

할머니가 병원에 왔을 때는 이미 수술할 수 없는 지경에 이른 뒤였다. 한동안 항암치료를 받았고, 다행히 반응 결과가 좋아서 수술을 할 수 있게 되었다.

할머니가 화장실에서 끅끅 소리를 내고 집에서도 두건을 쓴 것은 항암치료 때문이었다는 말이었다. 그것도 모르고, 남친이 생겼다고 할머니를 미워하고 밀어내려고 안간힘을 썼다니.

"수술하면 나을 수 있어요?"

"다른 데로 전이가 안 됐다면……. 그러길 바라야지."

"결과가 안 좋으면요?"

"지금으로써는 아무것도 알 수가 없어."

수술은 췌장 앞부분을 절제하면서 이웃해 있는 장기인 십이지장, 담낭, 담도를 같이 절제할 수도 있었다.

의사의 말을 이해하기 어려웠지만, 큰 수술이라는 것은 알 수 있었다. 나는 할머니에게 내 췌장을 이식해 달라고 했다. 의사가 고개를 저었다. 다른 장기와 달리 췌장 이식은 뇌사 상태에 빠지거나 소생 불능의 사람이 사망 시 장기를 기증하는 경우에만 가능했다. 그런 경우라도 할머니가 거부하는 한 이식은 할 수 없었다.

"설마, 돌아가시는 건 아니죠?"

"그럼, 그럼. 하지만 전처럼 건강하실 수는 없을 거야."

"우리 집에는 저 말고도 네 명의 아이들이 있어요."

"무슨 말이니?"

"할머니는 부모님이 보살피지 못하는 아이들을 돌보고 있어요. 할머니가 돌아가시면……. 아니, 저한테는 할머니밖에 없어요. 할머니는 돌아가시면 안 돼요."

지금 이런 말이 다 무슨 소용인가. 눈물이 쏟아졌다. 의사는 두 손으로 얼굴을 한 번 쓸어내리고는 내가 눈물을 그칠 때까지 말없이 기다려 주었다.

"최선을 다할게."

의사의 눈빛에 진심이 담겨 있었다.

병원을 나서면서 인터넷에서 의사의 이름을 검색했다. 가톨릭 신자로 환자들에게 친절하기로 유명했다. 환자들이 자신의 병을 인정하고 편안한 마음으로 치료받을 수 있도록 도운 사례들이 올라와 있었다.

만약에 내가 곁에 없을 때가 오더라도 나는 네 안에 있다는 걸 잊지 마.

그 말을 할 때 알아차렸어야지. 나는 왜 이 모양일까. 내가 너무 미워서 견딜 수가 없었다. 할머니를 이렇게 만든 게 신이라면 그 심장에 비수를 꽂고 싶었다. 아니, 세상에 불이라도 지르고 싶었다.

버스를 잘못 타고, 정류장을 지나치고, 빨간불이 켜진 것도 모르고 횡단보도를 건너려다가 경적 세례를 받고……. 걸리적거리는 것들을 발로 걷어차면서 욕을 내뱉었다.

동네를 몇 바퀴 돌다가 집 앞까지 왔는데, 집에 들어갈 엄두가 나지 않았다. 할머니와 마주치면 무슨 말을 해야 할지 막막했다. 할머니가 집에 없기를 바랐다.

내 바람은 여지없이 무너지고 말았다. 할머니는 주방에서 약을 먹고 있었다. 할머니와 눈을 마주치지 않으려고 방으로 들어왔다.

"희야!"

할머니가 따라 들어와서 무슨 일 있느냐고 물었다.

"아무것도 아냐."

"근데 얼굴이 왜 그래?"

입을 열면, 눈물이 쏟아질 것 같아 책상에 엎드렸다. 할머니는 양손으로 내 어깨를 토닥여 준 뒤 방을 나갔다.

희야! 넌 할머니가 아픈 것도 모르고, 남친이랑 여행이나 간다고 질투한 네가 너무 밉지? 그 마음 이해해. 하지만 후회한들 무슨 소용이 있겠어? 그 시간에 뭘 해야 할지 생각해야지.

그래, 맞아. 하지만 뭘 어떻게 해야 할지 모르겠어. 왜 할머니에게 이런 일이 생겼을까. 할머니는 아직 젊은데 이건 너무하잖아. 할머니에게 무슨 일이 생기면 난 어떻게 살지?

희야, 약해지면 안 돼. 할머니를 생각해서라도 꿋꿋해야지.

내 안의 내게 말하고 대답하는 동안 가슴이 저미어 왔다.

희야, 할머니와 이야기를 나눠 봐. 시간을 끌어서 좋을 게 없어.

나는 곧장 할머니 방으로 들어갔다.

"왜 수술받는다는 말 안 했어?"

"희야, 네가 그걸 어떻게?"

"지금 그게 중요해?"

할머니가 나를 껴안았다. 할머니의 몸이 떨리고, 내 몸도 떨렸다.

"괜찮아."

"괜찮긴 뭐가 괜찮다는 거야?"

"지금까지 잘 살아왔잖아……."

"앞으로 더 잘 살아야지. 짝사랑만 하지 말고 남친도 사귀고. 남친이랑 여행도 가고."

"다시 태어나면 그래야지."

아무리 참으려고 해도 눈물이 쏟아졌다. 할머니 품은 여전히 따뜻했지만, 내 가슴에는 영원히 녹지 않을 얼음 조각이 박힌 느낌이었다. 그 뾰족한 모서리가 가슴을 찔러 댔다. 할머니 품을 벗어났다.

"의사 선생님이 수술하면 아무 문제 없대. 최선을 다하겠다고 약속했어."

"고마운 일이네."

"아무 일도 없을 테니까 걱정하지 않기다."

"당연하지. 나는 내가 겪어 내야 할 일에 대해서는 걱정하지 않아."

할머니가 내 손을 꼭 잡으며 눈을 마주쳤다.

"희야, 할 말이 있다. 이제 너한테 말해 줄 때가 된 것 같아."

지금이 아니면 안 될 것 같다고 할머니의 눈이 말하고 있었다.

할머니가 무슨 말을 할지 겁이 났다. 언젠가 그랬듯이 어떤 말은 듣지 않는 편이 나을 수도 있었다. 듣고 싶지 않다고 했지만, 할머니는 내 손을 놓아주지 않았다.

"내 딸 말이야."

내 부모님에 대해서가 아니라 딸 이야기라면 들어야 하지 않을까.

"그 애는 한 발짝을 떼는 데도 오래 걸렸어. 혼자서는 할 수 있는 게 거의 없어서 늘 누군가의 도움이 필요했지."

할머니는 말을 멈추고 숨을 고른 뒤 다시 말을 이었다.

"내가 가스레인지 위에 음식을 올려놓은 걸 깜박하고……."

담임 반 학생 중 몇 명이 옆 학교 학생들과 싸움이 붙었다고 경찰서에서 연락이 왔다. 정신없이 뛰어나갔고 다친 학생이 있어 병원에도 다녀왔다.

그사이 집에 불이 났고, 할머니의 딸은 심한 화상을 입고 뇌사 판정을 받았다. 딸의 나이 열다섯 살 때였다. 할머니는 딸의 죽음 앞에서 할 수 있는 것이 아무것도 없다는 데 절망했다. 더구나 자신 때문에 그런 일이 일어났다는 죄책감에서 벗어날 수 없었다. 더 살아갈 힘도 용기도 갖지 못했다. 딸의 장례를 치른 뒤 딸을 뒤따라가겠다는 생각으로 겨우 버텼다.

그때 병원 로비에서 한 가족이 교통사고를 당했다는 뉴스를 접했다. 부모는 세상을 뜨고 열 살인 아이만 살아남았다. 아이는 선천성 심장 기형이었다. 부모는 죽어 가면서도 필사의 힘으로 아이를 끌어안고 있었다. 할머니는 그 광경을 보면서 딸이 했던 말을 떠올렸다. 엄마, 나는 다른 사람의 도움을 받아야만 살아갈 수 있잖아. 나도 다른 사람을 위해 할 수 있는 일이 있으면 좋겠어. 할머니는 딸의 심장을 그 아이에게, 다른 장기들도 기증을 기다리는 사람들에게 주었다.
"딸이 떠나고 내가 숨을 쉬고 있다는 게 믿기지 않았어. 이미 죽은 목숨이나 다름없었지. 그런데 기적 같은 일이 일어났어."
장례를 치르고 돌아왔는데, 집 앞에 갓난아이가 있었다고 한다.
할머니는 아이를 품에 안았다. 눈이 마주친 순간, 아이가 방긋 웃었다. 할머니의 심장이 빠르게 뛰었다. 두고 간 사람을 찾으려고 주변을 둘러보았다. 아무도 보이지 않고, 초저녁 달빛을 받은 목련이 화사하게 웃고 있었다……. '이 아이는 제 목숨보다 소중한 아이입니다. 선생님이라면, 이 아이를 잘 키워 주실 거라고 믿습니다……' 아이를 감싼 포대기에 손 편지가 들어 있었다. 할머니는 목련이 떨어지기 전에 다른 도시로 이사한 뒤 출생신고를 했다. 불타고 난 자리를 아이에게 보여 주고 싶지 않았다.
"너는 그렇게 지켜진 거야. 그러니까 희야, 너는 너를 존중해야 해. 알겠지?"
"버려졌네. 그런 내가 나를 어떻게 존중해?"
할머니가 내 손을 꽉 쥐었다.
"희야! 네 엄마가 너를 지키려고…….."

"그렇게 버리는 게 지키는 거구나. 그럼 쓰레기도 다 지켜진 거네."

"희야! 네가 나를 살렸어. 너와 눈이 마주치는 순간 살아야겠다고 생각했으니까. 네가 아니었으면 나는 벌써……."

할머니는 딸이 나를 보낸 거라고 여겼다.

그토록 알고 싶었던 것인데, 막상 듣고 나니까 아득하고 먹먹했다. 눈물이 북받쳤다. 입을 앙다물어 보아도 소용이 없었다.

"희야! 이제부터 너는 그 누구의 딸이 아닌, 너로 살아가는 거야. 네 자신으로 말이야."

"다 필요 없으니까, 그만해."

"아니, 더 들어 줘. 꼭 들어 줘야 해."

애원에 가까운 목소리였다. 하지만 귀를 막고 싶었다.

"그동안 너한테 이 이야기를 차마 하지 못한 이유가 있어. 용기를 내야 했거든. 아주 많이."

할머니는 고개를 떨어뜨린 채 한동안 말을 잇지 못했다.

"네 엄마 말이야, 내 제자였어. 윤희라고, 한윤희. 그 애는 부모님을 일찍 여의고 보육원에서 자랐는데……. 해맑아서 어디서나 눈에 띄었지."

싹싹하고 정도 많고 마음이 고운 아이였다. 그 애가 있는 자리마다 따뜻한 기운이 피어났다. 또 그 애는 보기 드물게 글을 잘 썼고, 글에 저만의 빛깔이 있었다. 그 애의 글이 세상의 어둠을 밝혀 줄 거라고 믿었다. 어느 날 그 애가 아이를 가졌다고 고백

했다. 아이 아빠를 사랑한다고 하면서 그에 대해서는 끝내 말하지 않았다.
 거기까지 말한 할머니는 차마 입이 안 떨어지는 듯 긴 숨을 내쉬었다.
 "그 애에게 차마 해서는 안 될 말을 했어……."
 낙태. 그때는 그게 그 애를 위한 최선이라고 생각했다.
 그 일이 있고 내 엄마는 학교에 오지 않았다. 할머니는 뒤늦게 후회하며 여기저기 수소문했지만, 끝내 찾을 수 없었다.
 그런데 몇 달이 지나 집 앞에 내가 와 있었고, 편지를 보고 내가 누구인지 알 수 있었다.
 다른 도시로 가서 내 출생 신고를 했던 할머니는 내 엄마가 나를 찾으러 올지도 모른다 여겨 부랴부랴 다시 이 집으로 돌아왔다. 그사이에 다녀갔을까, 하는 생각에 지금까지도 가슴이 옥죄었다.
 "희야, 나를 용서해 줄 수 있겠니?"
 누가 누구를, 뭘 용서할 것인가. 얼음 조각들이 날을 세워 가슴을 찔러 댔다.
 "그래서 그 여자는 어떻게 됐는데?"
 그걸 알았다면, 하고 할머니는 길게 숨을 내쉰 뒤 말을 이었다.
 몹쓸 병에 걸려서 큰 병원에 입원했다더라, 교통사고를 당해 식물인간이 됐다더라, 결혼해서 외국으로 갔다더라, 심지어는 스스로 목숨을 끊었다더라……. 소문만 무성했지, 확인된 것은 없었다.

할머니 방을 나왔는데 다리가 후들거렸다. 발이 절로 숨기 좋은 방으로 향했다.

문을 열자 책들이 안쓰러운 눈으로 나를 바라보았다.

희야, 힘든 거 알아. 하지만 이건 누구를 원망한다고 해결될 일이 아니잖아. 게다가 지금은 그러고 있을 시간이 없어. 지금 네게 중요한 게 뭔지 생각해 봐.

"몰라, 모르겠어. 너무 혼란스러워."

그건 너무 당연해. 누구라도 너 같은 상황이면 그럴 거야.

"이해해 줘서 고마워."

고맙긴. 우리에게 와 줬잖아. 우리가 더 고맙지.

"너희는 할머니 아픈 거 알고 있었어?"

응.

"근데 왜 말 안 해 줬어?"

네가 마음 아파하는 걸 할머니가 바라지 않으셨으니까.

"그래도 말해 줬어야지."

우리도 어쩔 수 없었어. 희야, 할머니 말대로 너는 지켜진 아이야. 너를 존중해야 해.

춤추는 별

할머니의 수술 결과는 좋지 않았다. 암은 이미 간과 임파선에 전이되었고 또 어디로 퍼질지 예측할 수 없었다. 남은 생이 6개월 안팎이라고 했다. 하늘이 무너진다는 말은 이런 경우를 두고 하는 것이다. 할머니 대신 내가 아플 수는 없을까. 아니, 할머니 대신 죽을 수는 없는 걸까.

할머니는 약한 모습을 보이지 않으려고 애를 썼지만, 몸이 따라 주지 않았다. 나날이 근육이 빠져 몸이 앙상했다. 혼자서는 걸을 수도 없었다. 한마디로 아기가 되어 버렸다. 일시적이라지만, 착각과 망상을 하는 섬망도 왔다. 약을 독극물이라며 뿌리치고, 밤이면 악몽을 꾸는 듯 웅얼거리고 옷이나 커튼을 보고 도둑이라고 소리쳤다. 이따금 사람을 헷갈리기도 했다. 하루하루가 다르고 낮과 밤이 달랐다. 나는 학교에 체험학습 신청서를 내고 할머니 곁을 지켰다. 밥을 떠 먹여 주고, 소변 통을 갈아 주었다. 그것만이 내가 할 수 있는 전부였다.

오늘은 다른 날에 비해 할머니의 얼굴빛이 환했다. 내 마음에도 빛이 스며들었다.

"할머니, 첫사랑 만나 보고 싶지 않아?"

"아니."

"왜?"

"만나지 않아도 볼 수 있으니까."

문자를 주고받다 보면 얼굴 볼 때보다 더 많은 걸 느낄 수 있었다.

목소리 듣고 싶어……. 너라는 태양 뒤에서 너를 빛나게 해 주는 존재이고 싶을 뿐이야.

그러니까 내가 만났던 사람이 할머니의 첫사랑이라는 말이었다. 뒤엉켜 있던 실타래가 풀렸다.

"치, 그게 뭐야. 보고 싶으면 보면 되지."

"그건 내 마음이었을 뿐이야. 실은 차였어."

"뭐? 차였다고?"

"돈이 필요했었나 봐. 다른 친구한테도 나한테 한 것처럼 했대."

"뭐야, 순 사기꾼이잖아? 왜 그런 사람한테 넘어가고 그래? 바보같이."

"내가 좀 그렇긴 하지? 희야, 그래도 괜찮아. 생의 한때 그런 사람, 그런 시간이 있었다는 게 어디야. 기대고 싶고 설렜으면 됐지. 한때는 이런 꿈을 꾸기도 했어."

그와 바다가 보이는 호텔에서 와인을 마시며 아침을 맞고 싶었다. 죽기 전에 한 번만이라도. '루체 델라 비테, 루체', 이탈리아어로 빛이었다. 병에 붙은 라벨을 보니 할머니 목에 새긴 타투 모양의 해가 타오르고 있었다.

내가 할머니에게 누구랑 여행을 가느냐고 물었을 때, 그 꿈이 떠올랐다고 했다. 그래서 그와 함께 갈 거라고 둘러댔다고.

"지금이라도 가면 되잖아."

"아니. 꿈은 꾸는 것으로 좋은 거야. 막상 이루어지면 꿈도 없어지잖아."

할머니는 맥없이 웃었다.

아이들은 당분간 해리 이모 집에 가 있기로 했다. 할머니에게 감염 위험이 있고, 정서적 안정을 위해서였다. 마침 해리 이모 집에 빈방이 있었다.

이럴 때 아이들마저 없으면 더 쓸쓸하겠지만, 할머니를 위한 일이니 어쩔 수 없었다.

"내가 집에서 공방으로 출퇴근할게."

알바트로스의 말은 위안이 되었다.

할머니가 퇴원하는 날, 샴페인을 터뜨렸다. 셋이 소리 높여 건

배를 외쳤다. 할머니는 샴페인을 마시지 않고 입술만 적셨다. 알바트로스는 두 번에 나누어서, 나는 단숨에 잔을 비웠다. 할머니와 알바트로스는 놀란 기색이었지만 웃고 말았다. 내가 한 잔 더 마시고 싶다고 하자 할머니는 그러다 취할라, 할 뿐 말리지는 않았다.

"할머니, 다 나으면 할머니 고향에 가자. 바다도 보고, 나이트클럽에 가서 노래도 하고. 알바트로스 아저씨, 같이 가 주실 거죠?"

"그럼, 어딘들 못 가겠니. 우주 끝까지라도 가야지."

"그래, 가자꾸나."

할머니의 눈시울이 붉었다.

할머니와 알바트로스는 방으로 들어가고, 나는 식탁을 정리했다. 샴페인이 남아 있었다. 냉장고에 넣을까 하다가 마저 따라 마셨다. 마실 때는 몰랐는데 차차 몸에 열기가 오르면서 정신이 몽롱했다. 바람을 쐬고 싶어 밖으로 나왔다가 집을 나섰다.

슈퍼마켓 앞을 지나가는데 왕년에 아저씨가 나를 불렀다. 얼굴이 불쾌했다. 오늘만은 아저씨가 이상해 보이지 않고 오히려 아저씨와 내가 하나로 뭉친 느낌이었다.

"할머니, 잘 계시지? 요즘 통 안 보이시네."

"예, 좀 바쁘셔서요."

나는 할머니 심부름이라고 하며 소주를 달라고 했다. 왜 그런 거짓말이 나왔는지 알 수가 없었다. 술에 취하면 엉뚱한 행동을 한다는 게 맞는가 보았다.

마당에 들어서자마자 길게 숨을 내뿜었다.

할머니와 알바트로스가 눈치채지 못하게 살금살금 방으로 들어왔다. 소주를 어디에 숨겨 둘까 고민하다가 문득 마셔 보고 싶었다.

한 잔 두 잔 마실수록 몸이 둥둥 떠오르는 느낌이고, 눈앞이 뿌옜다. 세상이 별것 아닌 것 같고, 무서울 게 없어지는 기분이었다. 간이 붓거나 커지고 있는지도 몰랐다. 어느 순간, 가슴에 박힌 얼음 조각들이 날을 세웠다. 이내 뭔가가 가슴을 쥐어짜는 통증이 밀려왔다. 할머니가 어루만져 주면 괜찮아질 텐데. 할머니, 할머니! 소리쳐 불렀지만, 입안에서만 맴돌 뿐이었다. 뭔가가 목구멍으로 밀려 올라왔다. 일어서는데 몸이 기역자로 꺾이고, 방바닥이 솟아올랐다.

눈을 떴을 때는 모든 것이 희미했다. 머리가 터질 것처럼 띵하고 속이 쓰렸다. 가까스로 몸을 일으키고 보니 침대 머리맡에 약병이 있었다. 숙취 해소 어쩌고 적혀 있었다. 내가 이 약을 먹었나? 대체 무슨 일이 있었던 거지?

노크 소리가 나고 알바트로스가 나를 불렀다. 대답 대신 얼른 다시 누웠다.

"희야, 괜찮니?"

뭐가 괜찮냐는 거지?

이번에도 입을 꾹 다물었다.

얼마나 지났을까, 알바트로스가 방문을 열고 들어왔다. 나도 모르게 눈이 떠졌다. 그가 희야, 살아났네? 하며 눈을 찡긋했다. 순간, 소주를 마셨던 기억이 되살아났다. 그 뒤의 일은 깜깜했다.

"너, 사고 한번 제대로 치더라. 뭐, 사고를 치려면 그 정도는 쳐 줘야지."

사고? 내가 무슨 일을 벌인 걸까. 물어볼 수도 없고, 쥐구멍이라도 찾아 들어가고 싶었다.

"선생님께는 비밀로 할게."

내가 하고 싶은 말을 그가 해 주었다.

"근데 아무것도 생각이 안 나요."

"나더러 용기 없는 찌질이라고 하던데? 사랑에는 나이도 국경도 없는 거라고. 할머니를 사랑하면서 왜 말도 못 했냐고."

"제가요?"

"그럼, 여기 너 말고 누가 있어?"

어떻게 그런 말을 할 수 있지? 창피해서 고개를 들 수가 없었다. 그는 내 머리를 쓰다듬으며, 그 말을 해 줘서 고맙다고 했다. 그 말을 듣는 순간, 열다섯 살의 자신을 다시 만났다고. 그 시절이 없었다면, 지금처럼 살지 못했을 테고, 그걸 새삼 깨달았다고.

"할머니 컨디션은요?"

"다른 날보다 좋으셔. 네가 아직 자고 있다니까 깨우지 말라고 하셨어."

그는 죽을 데워 놓았으니 먹어 보라고 했다. 혓바늘이 돋은 데다 입안이 깔깔해서 죽은커녕 물 한 모금도 겨우 넘길 지경이었다.

나는 샤워한 뒤 아무 일도 없었던 것처럼 할머니에게로 갔다.
"우리 희야, 얼굴이 왜 그래? 나쁜 꿈이라도 꿨어?"
"아니, 그냥 좀 피곤했나 봐."
"나 때문에 네가 고생이다."
"내가 무슨 고생이야."

알바트로스와 나는 할머니가 화단을 내다볼 수 있도록 침대를 창문 가까이 옮겼다. 공기정화를 위해 벵갈고무나무와 스투키, 여행객이라는 뜻을 가진 여인초, 싱그러운 미니 올리브 나무, 제라늄도 할머니 방 창가로 가져다 놓았다. 할머니가 가꾸어 온 꽃과 나무들이 향기를 뿜으며 희망의 노래를 불러 주었다. 나는 당분간 학교에 가지 않기로 마음먹었다.

"학교에 안 가도 정말 괜찮겠어? 유예 처리 될 텐데."
"몇 년 꿇고 나중에 가든가 아니면 안 가도 되고. 할머니가 그랬잖아. 미래 사회에서 학교는 별 의미가 없을 거라고."
"이럴 때 써먹으라고 한 말이 아니야."
"학교에 안 가는 대신 열심히 책을 읽을게. 어차피 나는 책 읽는 사람이 될 거니까."
"며칠 더 생각해 보고 그래도 마음이 바뀌지 않으면 그렇게 해."
"자기 행동에 책임질 수 있으면 뭐든 해도 된다고 했잖아. 다른 건 몰라도 이건 내가 책임질 수 있어."

할머니의 입가에 옅은 미소가 떠올랐다. 할머니는 내 나이 혹은 그보다 어렸을 적에 어떤 생각을 했고, 어떻게 살았는지 알고 싶었다.

"할머니 어렸을 때 얘기해 줘."

할머니는 아득한 날들의 기억을 길어 올리는 듯 눈을 지그시 감았다가 떴다.

"배를 타고 바다를 누비고 다녔던 게 좋았어."

할머니의 아버지는 고기잡이배의 선주였는데, 가끔 할머니를 배에 태웠다.

배가 물살을 가르고 앞으로 나아가면 할머니는 미지의 세계로 가는 것 같았다. 땅에만 길이 있는 게 아니라 바다에도 길이 있다는 게 놀랍고 신기했다. 배 위에서 수평선 너머로 지는 해를 바라보고 있으면 눈물이 솟곤 했다. 슬플 때만 눈물이 나는 게 아니라는 걸 그때 알았다.

할머니의 표정은 추억의 바다 위를 걷고 있었다.

"근데 왜 고향을 떠나서 여기로 온 거야?"

"아버지가 하던 사업이 부도났거든."

초등학교 3학년 때였다. 그때는 어려서 고향을 떠나왔다는 것에 대해 아무 생각이 없었다. 사춘기에 접어들면서 할머니는 늘 바다가, 고향이 그리웠다. 그때 만난 책이 헤르만 헤세의 작품들이었다. 고향을 일찍 떠난 그가 작품에서 고향에 대한 추억과 그리움을 되새겼기 때문이었다. 수도원 학교에 입학했다가 시인 말고는 아무것도 되지 않겠다고 수도원을 뛰쳐나온 그의 삶에도 끌렸다. 할머니는 첫 발령을 받은 해 겨울방학, 헤세의 고향 독일 남부 슈바빙의 작은 도시 '칼브'에 갔다. 박물관과 동상을 비롯해 곳곳에 남아 있는 헤세의 흔적들을 보았다. 그의 작품들을 떠올리며 눈 쌓인 칼브를 걸을 때 영혼에 살이 오르는 느낌이었다.

추억은 파도와 같은 것일까. 추억에 잠긴 할머니의 눈빛이 일렁거렸다.

*

할머니는 나날이 꺼져 가는 촛불처럼 사위어 갔다. 몸은 점점 홀쭉해지고 의식이 흐릿해져 날짜 개념이 없었다. 비가 오는 날이면 밤과 낮도 구별하지 못했다. 할머니가 멍하니 앉아 있거나 의식과 무의식의 중간 지점을 오가는 시간이 길어질수록 나는 초조하고 불안했다.

알바트로스는 공방에서 의자와 차탁, 미니 선반, 화분 받침대를 만드는 시간 외에는 집에서 화단을 가꾸고 청소와 요리를 했다. 할머니와 산책도 했다. 그는 무엇을 하든 즐거운 표정이었다. 망치 할아버지가 춤추듯 살라고 했다고.

"희야, 너는 선생님을 닮았어."

가슴속에서 몽글몽글한 것이 피어올랐다.

"할머니와 저는 피 한 방울 안 섞였는데도요?"

"피가 섞이고 안 섞이고는 중요한 게 아니야. 닮았다는 건 그 사람의 혼을 말하는 거지. 너와 선생님의 혼이 닮았어. 선생님이 온 마음을 다해 너를 키워서 그런 걸 거야."

혼과 온 마음이란 말이 가슴에 파문을 남겼다.

"선생님이 너를 얼마나 사랑하시는지 알지?"

나는 고개를 끄덕였다.

"제 별명, 뱀파이어 투 어때요?"

알바트로스가 쿡, 웃음을 터뜨리며 왜? 하고 물었다.

"할머니가 뱀파이어라고 해도 저는 할머니 곁에 있을 거니까요. 뱀파이어가 돼서요."

알바트로스가 엄지를 들어 올렸다.

"책 읽는 사람이 되고 싶다면서? 그것도 좋지만 내 생각엔 말이다, 너는 뭔가 만들어 내는 일을 하면 좋을 것 같아."

내 안의 무언가를 건드리는 말이었다. 머쓱하면서도 가슴이 뛰었다.

"제가요?"

그가 고개를 끄덕였다.

"책을 읽다 보면 길이 보이고 그걸 찾게 될 거야."

그는 또 망치 할아버지를 들먹였다. "춤추는 별을 탄생시키기 위해서는 자신 속에 혼돈을 지니고 있어야 한다."고 했다고. 춤추는 별이란 자신을 극복하는 것이기도 하고, 꿈이기도 했다.
 그는 타인의 말을 빌려 의미를 부여하는 재주가 있었다. 적잖은 허풍이 있다고 해도 그의 말은 잠든 내 의식을 일깨우고, 지금을 견디는 데 도움을 주었다. 그는 내가 할머니를 닮았다고 했지만 그야말로 할머니를 닮았다. 누군가를 응원하고 지지해 준다는 면에서.
 "선생님은 병아리에게 어미 닭이 그랬듯이 네가 알을 깨고 나올 수 있도록 밖에서 껍질을 쪼아 주고 계셨어. 아마 이 순간에도 그러고 계실걸? 앞으로도 그러실 거고."
 "제가 병아리가 아니라 공룡이라면요?"
 "공룡? 알껍데기가 그만큼 두껍다는 거냐?"
 "예."
 "선생님이 그걸 모르실까?"
 그의 눈에 다정한 미소가 깃들었다.
 "아저씨, 꿈은 뭐였어요?"
 "하모니카 연주자."
 형이 죽은 뒤 그는 형의 하모니카를 주머니에 넣고 다녔다. 불어 볼 엄두는 내지 못했다. 어머니가 돌아가신 뒤 어머니 생각이 나면 뒷산 솔숲을 찾았다. 숲이 뿜어내는 소리가 그의 내부로 흘러 들어와 구슬픈 언어가 되어 솟구쳤다. 하모니카를 불기 시작했다. 자연의 소리와 하모니카 소리가 어우러져 천상의 운율을 자아냈다. 애야, 정말 아름답구나. 바람결에 실려 온 어머니의 목소리가 뺨을 어루만져 주었다.

세상의 모든 어머니는 자식을 지키기 위해 존재하는 것이 틀림없었다.

그런데 내 엄마는? 목숨보다 소중한 아이라면서 키우지 않는 게 말이 되나? 대체 어디로 사라졌을까. 정말 죽어 버리기라도 한 건가? 그건 더 말이 안 되지 않나. 얼굴이라도 기억하게 해 줬어야지. 엄마라는 사람이 그러면 안 되는 거였다. 병에 걸렸거나 사고를 당했다고 해도 마찬가지였다. 이런 생각에 빠져들기 시작하면 걷잡을 수 없었다.

"형이 왜 하모니카를 불었는지 알겠더라. 하모니카를 불면 슬픈데, 황홀했어."

그는 그런 슬픔이라면 기꺼이 받아들이자고 생각했다. 세상에 넘어설 수 없는 슬픔은 없다는 걸 그때 깨달았다. 슬픔이 희망의 다른 이름이라는 것도.

여운이 남는 말이었다.

"딸이 보고 싶지 않아요?"

"보고 싶지. 지금은 때가 아니라 기다리는 중이야."

"그, 때는 언제예요?"

"때가 와 봐야 알게 되겠지."

그가 눈을 찡긋했다.

"나중에 하모니카 연주 들려주세요."

그는 그러겠다고 약속했다.

"오늘은 선생님이랑 바람 쐬러 갈까?"

나는 좋다고 말하고, 얼른 할머니에게로 달려갔다. 할머니도 바람 좋지, 하면서 미소를 머금었다.

"선생님, 가시고 싶은 곳 있으면 말씀하세요. 모시고 갈게요."

"그럼 학교에 가 볼까? 토요일이라 텅 비어 있을 텐데."

할머니는 알바트로스의 모교에 가고 싶지만 거리가 멀어 마지막으로 재직했던 학교에 가자고 했다. 아이처럼 들뜬 표정으로 어떤 옷을 입을지 물었다. 그거 있잖아, 쫄티에 찢어진 청바지, 라고 하자 웃으며 손을 내저었다. 장롱을 뒤져 이 옷 저 옷 꺼내 보여 주었다. 할머니는 무슨 행사 때나 입었던 재킷과 바지를 골랐다. 살이 빠져서 옷이 헐렁했다. 다른 때 같았으면 스타일 구긴다고 입지 않았을 텐데, 할머니는 찬찬히 옷매무시를 가다듬었다.

하늘은 더없이 높고 바람은 선선했다. 외출하기에 좋은 날씨였다.

알바트로스는 휠체어를 운동장 한가운데에 세웠다. 다사로운 햇살이 할머니의 말린 어깨에 내려앉았다. 해야, 해야, 많이 많이 비춰라. 할머니 어깨 쫙 펴지게. 햇살이 활짝 날개를 펼쳤다.

"아이들 목소리가 들려."

빈 교실을 올려다보는 할머니의 얼굴에 미소가 번졌다.

"선생님, 미니스커트 입고 학교 언덕바지에서 넘어졌을 때 생각나세요? 전교생이 다 내려다봤는데요."

"짓궂게 소리를 지르고, 난리도 아니었잖아. 그 소리가 어찌나

191

크게 들리던지…….”

"저는 휘파람도 불었어요. 그게 참, 그러지 않으면 안 되는 분위기였거든요."

"무릎에서 피가 철철 흐르는데 어찌나 창피하던지 아픈 것도 몰랐어. 햇살이 쏟아지는데 그 순간에는 차라리 뱀파이어라면 좋겠다는 생각이 들더라. 재가 되어 버리게…….”

웃음이 나왔다. 알바트로스도 웃음을 참지 못했다.

"저희는 그것도 모르고…….”

알바트로스는 머리를 긁적였다.

할머니는 생각에 잠긴 듯 하늘을 올려다보았다.

"지나고 나서 생각하니까, 내가 아이들의 피를 수혈하면서 살아왔더라.”

"할머니, 뱀파이어 맞네.”

"그런가?”

할머니가 웃자 알바트로스도 그렇다며 맞장구를 쳤다.

"선생님, 오랜만에 나왔는데 외식할까요? 제가 만든 협탁이 꽤 비싼 값에 팔렸어요.”

"그래? 그럼 파스타 먹으러 가자.”

할머니가 나를 보며 말했다. 나는 할머니가 좋아하는 초밥을 먹자고 했다. 할머니는 지금 생식은 안 좋다며 고개를 저었다. 그럼 생선구이, 했더니 할머니는 평소에 많이 먹는다며 고개를 저었다. 잡채 나오는 한정식집에 가자고 알바트로스가 말했다. 운동장에서 만들어 먹었다는 잡채를 떠올리고 하는 말일 터였다. 할머니는 잡채는 손수 해 먹어야 한다고 했다. 그건 핑계였다. 내가 잡채를 먹지 않는 이유를 알고 있는 데다, 파스타를 좋아하는 걸 알고 그러는 거였다.

"파스타 잘하는 집 희야가 찾아봐."

알바트로스도 그러라고 눈짓했다. 나는 추천 평이 많은 집을 찾았고, 우리는 자리를 옮겼다.

할머니는 명란 오일 파스타, 나는 봉골레, 알바트로스는 더블 포크 스테이크. 거기에 화덕 피자를 곁들였다. 조금씩 덜어 먹으면 여러 가지 맛을 즐길 수 있었다.

"고소하고 감칠맛이 있다."

할머니는 명란과 오일의 조합이 환상적이라고 했다. 봉골레의 바지락 맛이 밴 면의 풍미도 일품이라고. 평소 같으면 소화 안 된다고 먹지 않았을 피자도 한 조각 먹었다.

알바트로스는 스테이크를 잘라 내게 덜어 주었다. 고기는 부드럽고 소스는 달지 않았다. 할머니는 내가 먹는 모습을 보며 흐뭇해했다.

오늘의 외출은 여행 같았다. 이별 여행.

할머니의 휴대전화가 울렸다. 통화하는 할머니가 활짝 웃었다. "반가운 손님들이 온단다. 어서 돌아가자."

집에 돌아와 보니 셜리, 해영, 선미 언니가 기다리고 있었다. 언니들은 할머니가 아픈 걸 모르고 있었다. 할머니에게 왜 살이 이렇게 빠졌냐고 물었다. 할머니는 다이어트 중이라고 농담했다.

"어떻게 지냈니?"

"잘 지냈어요. 할머니가 늘 응원해 주시잖아요."

셜리 언니가 말하자 모두 그렇다고 하며 근황을 풀어놓았다. 셜리 언니는 엄마와 화원을 열었고, 해영 언니는 오피스텔에서 친구와 지내면서 회사에 다니고 있었다. 선미 언니는 소아과에서 간호조무사로 일하며, 남자 친구가 생겼다. 결혼하면 아이를 많이 낳을 거라고 했다. 할머니는 언니들의 말에 귀를 기울이면서 장하다, 장하다,라고 거듭 말했다. 언니들은 내가 이제 숙녀가 다 됐다고 입을 모았다.

한 사람 한 사람 손을 잡으며 이별을 연습하는 할머니의 모습이 안쓰러웠다.

— 희야, 뭐 해?

유노의 톡이었다.

— 전에 우리 집에서 살았던 언니들이 와서 얘기하고 있어.

— 잠깐 나올 수 있어?

— 응.

유노는 언제나 그렇듯 나를 보고 씩 웃었다.

"잘 지냈어?"

내가 먼저 물었다.

"너를 못 보는데, 어떻게 잘 지낼 수가 있겠어?"

"얼굴에 잘만 지낸다고 쓰여 있는데?"

유노는 손바닥 거울을 보는 시늉을 하며 어? 이상하네, 하고 웃었다.

"이사는 언제 가?"

"아직 집이 안 나갔대. 보증금을 많이 올려서."

"계속 안 나가면 좋겠다."

"그러게 말이야. 근데 솔라 할머니는 어떠셔?"

"점점 안 좋아지고 있어……."

할머니에게 나타나는 변화를 말하는 게 내키지 않았다.

"학교는 안 무너지고 잘 있지?"

"무너지지는 않았지만 네가 없으니까 텅 빈 거 같아."

"얘가 이제 뭘 좀 아네. 그러니까 있을 때 잘했어야지."

유노는 아, 그런가? 하면서 이마에 손을 올렸다가 내렸다.

"너는 학교 안 가니까 어때?"

"나는 학교 체질이 아닌가 봐. 집에서 할머니랑 노는 게 훨씬 좋아. 요즘은 시간 가는 게 안타까워."

유노가 고개를 끄덕이며 책 한 권을 내밀었다.『영혼 박물관』.

"죽은 사람들의 영혼을 부검하는 이야기가 나와."

"영혼을 부검한다고? 어떻게?"

"꿈속으로 죽은 사람들의 영혼을 불러들이는 거야. 어쩌다가 그렇게 됐는지, 뭐가 잘못됐는지 묻고 위로도 해 주고……."

"작가들은 어떻게 그런 발상을 하는 걸까?"

"생각하고 또 생각하는 거겠지. 그러다 보면 어느 순간 뭔가가 떠오르는 거 아닐까?"

"그런가? 근데 많고 많은 일 중에 왜 글을 쓰는 거지?"

"쓰지 않으면 안 되니까 쓰는 거 아닐까? 엄청난 에너지를 쏟아야 하는데 심심풀이로 쓰지는 않을 것 같아."

"작가들이 어떤 마음으로 글을 쓰는지 궁금해."

"작가에 대해 알고 싶은 게 많네. 혹시 작가가 되고 싶은 거야?"

"그런 건 아니고, 막연하게 글을 쓰고 싶다는 생각이 들 때가 있어. 글을 쓰다 보면 빠져드는데, 그게 좋아. 하지만 문장 하나를 쓰는 데도 자신의 혼을 다 불어넣어야 한다고 들었어. 그건 너무 어려운 일일 것 같아."

"어려운 만큼 보람도 있겠지."

"그럴까?"

"또 역사는 높은 것과 많이 가진 자를 기억하지만, 문학은 낮은 것과 적게 가진 자를 기억하는 거라잖아. 그런 면에서 의미도 깊고."

"그렇게 거창한 거 말고. 난 그저 할머니와 나에 관한 이야기를 쓰고 싶어."

"그거 좋겠다. 잘 쓸 수 있을 거야. 네가 아니면 쓸 수 없는 이야기잖아. 벌써 기대된다. 나중에 책 나오면 사인받아야지."

그런 날이 정말 올까. 그런데 은근히 설레는 이 기분은 뭐지?

"난 나중에 여행하면서 살까 해. 그러면 집도 필요 없을 거잖아."

여행자에게 집은 그곳의 땅과 하늘이었다. 어디든 집이 될 수 있다는 건 여행자만이 누릴 수 있는 특권이기도 했다.

유노는 부모님과 다큐멘터리 〈영혼의 순례길〉을 봤다고 했다. 7개월여에 걸쳐 1,200킬로미터를 오체투지로 타인을 위해 기도하며 자신을 발견하는 이야기였다. 그렇게도 살아가는 인류가 있다는 게 경이롭고, 그들의 삶이 경건하게 느껴졌다고.

며칠 못 본 사이에 유노 마음이 훌쩍 컸군.

"또 다른 이유는 가고 싶은 데가 많아서야."

"어디가 제일 가고 싶은데?"

"고흐 박물관이 있는 네델란드."

"네가 고흐에게 그렇게 관심 있는지 몰랐어."

"그의 그림도 그림이지만 삶에 관심이 가. 아무도 알아주지 않아도 그림에 대한 열정은 식지 않았잖아. 그림이 전부인 삶. 그건 뭘까, 생각하게 돼."

할머니도 헤세의 작품은 물론이고 삶에도 관심이 많았다고 했다. 예술가와 예술가의 삶을 떼어 놓고 생각할 수 없다는 말일 것이다.

"희야, 너는 제일 가고 싶은 데가 어디야?"

"스페인. 투우장에서 소가 마지막 숨을 고르기 위해 찾는 안식처가 있대. 거긴 소만 아는 장소래. 케렌시아라고. 거기 있을 때 소는 무서운 게 없대."

"케렌시아, 멋지다. 나중에 같이 가자."

먼 훗날에도 유노와 함께 산을 오르고 여행을 하고, 또 다른 뭔가를 할 수 있을까. 그러면 좋을 텐데, 하루 앞도 모르는 게 삶이었다.

유노가 새끼손가락을 내밀었다. 우리는 손가락을 풀지 않고 서로의 눈을 뚫어져라 바라봤다. 어느 순간 얼굴이 달아오르는 걸 느꼈다. 내가 손가락을 풀고 난 뒤에도 유노는 내게서 눈을 떼지 않았다. 뭔가 특별한 일이 일어날 것 같은 예감이 온몸을 휘감았다. 유노가 두 손으로 내 머리를 감쌌다. 하늘이 머리 위로 내려온 것도 같고, 땅이 솟아오른 것 같기도 했다. 어질어질했다. 이건 뭐지? 순간, 유노의 숨이 빨라졌다. 아니, 빨라진 것은 내 숨인지도 모른다. 내 몸 깊은 곳에서 불꽃이 일었다. 숨이 막힐 듯 차오르는 빛의 입자들, 뭔가 굉장한 신호가 분명했다. 눈을 감아야 하나? 어느새 유노의 입술이 내 입술에 닿았다. 유노와 눈이 마주치는 순간, 눈이 절로 감겼다.

지금 무슨 일이 일어난 거지? 아찔한 이 느낌의 정체는?

유노와 헤어져 돌아오는데 몽롱한 여운이 온몸으로 퍼져 갔다. 그것은 내가 경험하지 못했던 또 하나의 세계였다. 이상한 것은 그 세계에서 오래도록 벗어나고 싶지 않다는 것이다.

*

화단에는 여름꽃들이 지고 붉은 맨드라미가 한창이었다. '오자 오자 옻나무 가자가자 감나무 김치가지 꽃가지 맨드라미 봉선화…….' 작년까지만 해도 할머니와 동요를 부르며 비바람에 약한 맨드라미에 지지대를 세워 주었었다.

"너희, 벌써 가을 마중을 나왔구나."

할머니가 꽃가지에 손을 가져다 대며 말했다.

할머니가 보고 싶어서요.

꽃들이 대답했다.

할머니와 꽃들이 이렇게 이야기를 나눌 시간은 얼마나 남았을까. 요즘은 시간이 너무 빨리 가서 시간을 도둑맞는 기분이었다. 붙잡아두고 싶을수록 시간은 더 빨리 달아났다. 이 순간도 시간은 우리를 기다려 주지 않았다. 한번 지나가면 다시 오지 않을 순간들이었다.

할머니는 컨디션이 좋았다가도 금세 안 좋아지고 그러다가 좋아지기도 했다. 조금 전에 한 말이나 일어났던 일을 기억하지 못하고, 엉뚱한 소리를 자주 했다. 그럼에도 아이들과 함께 지내고 싶어 했다. 나와 아이들도 할머니와 같은 생각이었다. 알바트로스와 해리 이모는 아직 무리라며 반대했다. 몇 차례의 논의 끝에 아이들이 다시 집으로 돌아왔다.

"할머니, 보고 싶었어요."

가영이 말하자 모두 저도요, 저도요, 합창하듯 말하고 돌아가며 할머니를 안아 주었다.

"이제야 집이 집 같구나."

할머니 말대로 집은 금세 활기를 되찾았다. 우리는 화기애애한 분위기에서 밥을 먹으며 종알거리고, 함께 TV를 보기도 했다. 곧 헤어지게 된다는 것을 알고 있기에 더 소중한 시간이었다. 우리는 각자의 일에 충실했고, 다투거나 문제를 일으키지 않았다. 식사 준비와 청소, 설거지는 돌아가며 했다.

중간고사 기간이 다가오자 할머니는 우리에게 잘 먹고 잘 자야 한다고 했다. 공부는 평소에 하는 거라고. 아이들은 말을 듣지 않았다. 누가 시킨 것도 아닌데 방과 후에 도서관과 스터디 카페에 들렀다가 밤늦게 돌아왔다. 시험을 잘 보는 게 할머니를 기쁘게 해 주는 거라고 여기는 거였다. 아니, 할머니를 위해서 뭐라도 하고 싶은 것인지도 몰랐다.

해리 이모는 곧 우리 집을 떠나게 될 아이들을 위한 절차를 밟느라 분주했다. 파김치가 되어 돌아와서 식사 준비를 하고 할머니의 목욕을 돕고, 안마도 해 주었다. 해리 이모가 없었다면 어떻게 지냈을지 상상도 할 수 없었다. 해리 이모는 좋은 엄마가 될 텐데, 결혼하지 않을 거라고 했다. 아이들은 그것만은 막아야 한다고 한결같이 말했다.

초인종 소리에 나가 보니 슈퍼마켓 아저씨였다. 손에 검은 비

널봉지 두 개를 들고 있었다. 봉지 하나를 내게 내밀었다. 추억의 건빵과 쫀드기가 들어 있었다.

그는 할머니를 보자마자 눈물을 글썽였다.

"어쩌다가 이렇게……."

그는 할머니의 건강을 걱정하더니, 이내 '왕년에' 레퍼토리로 이어졌다. 그것도 길게 가지는 않았다. 화려했던 시절은 가고 지금은 빈 깡통 신세가 되었다고, 아내도 자식도 다 떠나고 없다고 푸념했다. 할머니는 세상에는 하늘과 바람, 꽃과 나무, 새와 벌레까지 아름다운 것이 많으니 벗하며 살라고 했다. 그는 그런 게 다 무슨 소용이냐며 술을 들이켰다. 자기에게는 술밖에 없다고. 그의 얼굴은 점점 붉어졌다. 할머니를 위로하기보다 자신이 위로받기 위해 찾아온 것 같았다. 나이가 들어갈수록 사는 게 무섭다. 병에 걸려도 찾아올 사람 하나 없다고 말하면서 고개를 떨어뜨렸다.

할머니는 앉아 있는 것마저 힘에 부쳐 보였지만, 그의 이야기에 귀를 기울였다. 그가 술을 따르는 사이 나는 할머니에게 그만 들어 주라고 눈짓했다. 할머니는 손을 내저었다.

그는 가지고 온 술을 다 마실 때까지는 돌아가지 않을 작정인 듯했다. 했던 말을 하고 또 했다.

"저, 할머니 약 드시고 쉬셔야 해요."

아무래도 안 되겠다 싶어 할머니의 의견을 묻지 않고 말했다.

"그래, 쉬셔야지. 내가 너무 오래 있었다. 곧 갈게."

그렇게 말하고도 그는 말을 그치지 않았다. 남의 애들 돌봐 봤자 아무 소용 없다. 애들한테 신경 쓰지 말고 건강이나 챙겨라, 100세 시대에 남은 인생을 즐겨라…….

그는 가져온 술을 다 비우고 나서야 자리에서 일어났다. 할머니는 그에게 힘내라고 주먹을 쥐어 보였다. 그도 주먹 쥔 손을 들어 올리며 현관을 나섰다. 나는 그를 대문 앞까지 배웅했다. 추억의 쫀드기와 건빵이 담긴 비닐봉지를 그의 손에 들려 주었다.

머리가 희끗희끗한 남자가 우리 집 쪽으로 다가오며 나를 향해 손을 들었다. 희야, 하고 내 이름을 불렀다. 순간, 그가 누구인지 깨달았다. 문자 메시지의 주인공이자 할머니의 첫사랑! 사기꾼! 대체 여긴 왜 온 거지?

"할머니를 만나러 왔는데."

"안 돼요."

"왜 안 된다는 거냐?"

"그걸 몰라서 물으세요?"

그는 예의 느끼한 음성으로 할머니가 보고 싶다고 했다.

"그냥 돌아가세요. 할머니한테 더 상처 주지 말라고요."

내가 소리를 지르자 그는 놀란 듯 주춤했다. 순간, 왕년에 아저씨가 달려와 다짜고짜 그의 멱살을 잡았다.

"이 양반이, 이거 왜 이래요?"

그는 왕년에 아저씨를 밀쳐 내려고 안간힘 썼다.

"애가 가라면 갈 것이지 왜 그러고 있어? 망할 놈의……."

두 사람이 한참 옥신각신 실랑이하다가 몸싸움으로 이어졌다. 어디서 힘이 나는지 왕년에 아저씨는 물러서지 않고 그를 압박하더니, 한순간에 그의 셔츠에 토사물을 내뿜었다. 그가 놀라며 재수가 없으려니, 하고 욕설을 내뱉으며 손수건으로 토사물을 닦았다.

차마 웃을 수만은 없는 광경이었다. 왕년에 아저씨가 쭈뼛거리며 그에게 다가가 추억의 쫀드기를 내밀었다. 그가 어이없다는 표정으로 그것을 휙 내던지고 돌아섰다. 왕년에 아저씨는 그 자리에 잠시 서 있다가 나를 향해 손가락으로 브이를 보여 주고는 걸음을 옮겼다. 비틀거리며 멀어져 가는 뒷모습에 드리운 그림자 때문에 그가 애처롭게 느껴졌다. 자신은 볼 수 없는 뒷모습, 거기에 그 사람의 생이 들어 있는 것은 아닐까. 아저씨, 오늘을 붙잡아 보세요. 그래야 내일도 있으니까요. 나는 속으로 말했다.

*

서리가 내리자 모과나무 잎들이 졌다. 달콤하고 그윽한 모과 향기에 취할 새도 없이 나뭇잎들이 색색으로 물들었다. 하루가 다르게 기온도 뚝뚝 떨어졌다.

토요일인데도 점심시간이 지나자 집이 텅 비었다. 알바트로스는 공방에, 해리 이모는 어머니 기일이라 추모공원에 갔다. 동화는 입양될 집에 초대받아서 갔고, 아진은 중요한 일이 있다며 나갔다. 가영과 혜림은 친구들을 만나서 윈도쇼핑을 할 거라고 했다. 할머니는 자리에 누웠다가 잠들었다. 유노에게 톡을 보냈는데 부모님과 자전거 하이킹 중이었다. 나도 밖으로 나가고 싶었다.

잠든 할머니를 혼자 두고 나가도 되나? 깨기 전에만 들어오면 되지 않을까? 잠깐이면 괜찮겠지.

무심코 버스를 탔다가 시청 근처 공원까지 오고 말았다.

야외무대에서 아트센터 오픈 기념식을 하고 있었다. 울긋불긋한 옷을 차려입은 피에로가 모여 있는 사람들 사이를 오가며 말을 건넸다. 옆으로 한 사람이 능숙하게 줄을 타고, 한쪽에서는 마술사가 묘기를 부렸다. 마술사의 모자에서 비둘기들이 나왔다. 오래전 텔레비전에서 보았던 광경이었다. 그것이 향수를 불러일으킨 듯 아이들은 물론, 어른들까지 집중했다. 마술사의 모자에서는 왜 비둘기만 나오는 거지? 참새나 까치도 한 번쯤 나올 법한데. 먼발치에서 뒤뚱뒤뚱 걷는 비둘기들이 마술사의 모자 속으로 들어가는 걸 상상하자 웃음이 비어져 나왔다.

무대가 바뀌어서 이번에는 기타를 멘 사람 둘이 등장했다. 청바지에 스웨터, 힙합 바지에 점퍼를 입은 모습이 산뜻했다. 그들의 음성과 기타의 선율은 감미로웠다. 어떤 것에도 얽매이지 않고 노래 자체를 즐기는 기분은 어떨까. 모여 선 관객들은 노래가 끝날 때마다 휘파람을 불고 손뼉을 쳤다.

그 옆에서 한 사람이 주먹만 한 모래주머니를 돌리기 시작했다. 그는 네 개의 모래주머니를 차례로 공중에 올렸다가 떨어지면 받아 냈다. 감탄사가 연발 터져 나왔다. 저렇게 할 수 있기까지 얼마나 오래 연습을 했을까. 세상의 모든 것은 연습의 결과였다. 이별도 연습하면 잘할 수 있을까.

무대에서 펼쳐지는 모든 것이 현실과는 동떨어져 보였다. 그래서 더 끌리는지도 몰랐다.

할머니의 퀭한 눈이 아른거려 집에 갈까 하다가 다시 발길을 돌렸다. 사람이 뜸한 곳으로 옮겨 벤치에 누웠다. 희야, 눈을 감아 봐. 숨을 배로 최대한 천천히 길게 들이마시고 길게 내뱉어. 네가 보일 거야. 할머니 말이 맞았다. 내가 알아채지 못한 내 모습은 생각보다 강했다. 그래, 꿋꿋하게! 희야, 나는 잠들었다가 깨어나지 않으면 좋겠어. 그런 축복을 내가 누릴 수 있을까. 할머니의 목소리가 들리는 듯했다. 이러고 있을 때가 아니었다. 벌떡 일어나 버스 정류장을 향해 걸었다.

주말 오후의 거리는 사람들로 붐볐다. 삼삼오오 무리를 이루어 지나가는 사람들 사이에서 이방인이 된 기분이었다. 건널목 앞에 서 있는데, 건너편에서 전단지를 돌리고 있는 아이가 눈에 들어왔다. 뒷모습이 낯익다 싶었는데 아진이었다.

"너, 여기서 뭐 해?"

"알바. 시험도 끝났고 해서."

"엄마가 허락하신 거야?"

"당연하지. 부모님 동의서 없으면 못 하잖아. 근데 언니, 이거 할머니랑 애들한테 비밀로 해 주라."

돈 쓸 곳이 있다고 말하는 아진의 눈빛이 간곡했다. 돈 필요하면 내가 빌려줄게, 하려다가 말았다.

"언니, 할머니는 어떡하고?"

"주무셔."

"답답해서 나왔구나?"

"응."

"답답할 때는 노래방이지. 우리 노래방 가자. 내가 쏠게. 이거 5분이면 끝나."

"그냥 집에 갈래."

"언니, 그러지 말고 가자. 이런 기회가 자주 오는 것도 아닌데."

노래를 부르고 나면 꽉 막혀 있는 속이 조금 뚫릴지도 모른다는 생각이 들었다.

노래방에 갔지만 막상 노래를 부르고 싶지 않았다. 아진은 연신 목청을 돋우었다. 문득 할머니가 소읍의 나이트클럽에서 부르고 싶었다는 노래 〈댄서의 순정〉이 떠올랐다. 노래의 번호를 입력하고 불러 보았다. 아진이 뭐 하는 거냐며 깔깔거렸다. 갑자기 목이 메어 아진을 남겨 두고 노래방을 나왔다.

현관문을 여는 순간, 불길한 느낌이 훅 끼쳤다. 할머니가 거실 바닥에 축 늘어져 있었다.

"할머니, 괜찮아?"

"괜찮지, 그럼."

대답은 그렇게 해도 할머니는 스스로 일어서지 못했다. 할머니를 부축해 가까스로 소파에 앉게 했다. 알바트로스에게 전화를 했는데 연결되지 않았다. 그에게 톡을 보내고 할머니 옆에 앉았다.

"병원에 가자. 119 부를게."

"희야, 이제 병원에는 가고 싶지 않아."

"병원에 안 가면 어떡하려고?"

"집에서 너랑 같이 지내고 싶어. 나를 도와줄래?"

할머니를 위해서라면 뭐든 할 수 있었다. 하지만 병원에 가지 않는 것은 옳은 선택이라고 할 수 없었다.

할머니는 탁자 서랍에서 봉투를 꺼내 열어 보라고 했다.

사전연명의료의향서! 연명치료를 거부하겠다는 내용이었다.

"이게 뭐야? 이런 걸 왜 했어?"

"나를 위해서."

의외의 대답을 하는 할머니의 눈빛은 단호했다.

언젠가 사회 시간에 존엄사에 관해 토론한 적이 있었다. 나는 인간으로서 지녀야 할 최소한의 품위를 지키면서 죽을 수 있어야 한다고 목소리를 높였었다. 막상 이런 상황에 맞닥뜨리고 보니, 판단이 서지 않았다.

"할머니를 위해서? 그게 말이 돼? 평생 딴 사람을 위해서만 살

앉으니까 이제는 다른 사람 좀 괴롭혀도 되잖아. 다른 사람 생각도 해 줘. 왜 그렇게 이기적이냐고."
 할머니가 말없이 고개를 저었다.
 "내가 다 할게. 할머니를 위해서 나도 뭔가 할 기회를 달라고. 뭐든지 다 할 수 있어."
 할머니의 눈시울이 붉었다. 나는 할머니에게 바짝 다가가 앉았다. 할머니와 눈을 맞추며 이야기하고 싶었다.
 "할머니가 없으면 나는 어떻게 살아?"
 "희야!"
 "나를 생각해서라도 병원에 가자. 여태 키웠으니까 끝까지 책임져야 할 거 아냐."
 "너랑 조금이라도 더 같이 있고 싶어."
 "그러니까 병원에 가야지."
 "병원에 가면 그럴 수가 없어."
 "내가 옆에 꼭 붙어 있으면 되지."
 "그게 생각처럼 쉽지 않대도."
 "할머니는 죽는 게 무섭지 않아?"
 "처음부터 내 것이 아니었던 몸을 자연에 돌려주는 건데, 뭘."
 죽음도 받아들이고 나면 친구처럼 편안해진다고 했다. 나는 그런 것을 이해할 수도 없고 이해하고 싶지도 않았다.
 "아니, 죽는 게 무섭지 않냐고?"
 "처음에는 너를 보지 못하는 게 무서웠는데 지금은 아니야. 없어지는 건 몸일 뿐, 마음이 아니잖아. 나는 언제나 네 안에 있을 거야."

솟구치는 눈물을 참을 수 없었다.

"선생님, 괜찮으세요?"

알바트로스가 뛰어 들어오며 물었다.

"그럼, 괜찮지."

"선생님, 병원에 가셔야 해요."

"그냥 집에 있고 싶다."

"할머니가 하자는 대로 하는 게 좋을 것 같아요."

"희야!"

알바트로스의 눈은 너까지 왜 그러느냐고 말하고 있었다.

할머니는 눕고 싶다고 했다. 알바트로스와 나는 할머니를 부축해 침대에 눕게 한 뒤 방을 나왔다.

그에게 사전연명의료의향서를 내밀었다.

"병원에 가면 더 사실 수 있어."

"얼마나요? 그동안 할머니는 더 고통을 겪을 텐데요."

알바트로스는 입꼬리를 양옆으로 늘리며 고개를 저었다.

"희야. 제발!"

"할머니가 원하는걸요. 할머니 고집을 누가 당해요."

"그래도 그건 아니야."

"할머니는 저랑 있고 싶어 해요. 병원에 가면 그게 쉽지 않을 거래요."

209

그와 실랑이를 계속했다. 나도 그렇지만 그도 물러설 생각이 없는 듯했다.

할머니가 우리를 부르는 소리가 들렸다. 다행히 할머니는 조금 전보다 컨디션이 좋아지고 있었다.

"알바트로스, 하모니카 연주를 듣고 싶다."

할머니의 말이 떨어지자마자 그는 주머니에서 하모니카를 꺼내 〈참새와 허수아비〉라는 곡을 연주하기 시작했다. 은은하고 잔잔한 멜로디에 애달픈 가사, 할머니의 허스키한 목소리가 조화를 이루어 가슴에 파고들었다. 알바트로스가 자주 갔다는 솔숲의 풍경이 그려졌다.

"와, 짱이에요."

언제 들어왔는지 가영이 말하고 혜림이 박수를 쳤다.

"앵콜, 앵콜!"

혜림과 가영이 외쳤다. 알바트로스와 할머니가 눈을 맞추었다. 알바트로스가 하모니카를 내려놓고 휴대폰으로 〈준비 없는 이별〉이라는 곡을 틀더니 할머니와 눈을 맞추며 노래를 불렀다. 이별을 준비할 수 있도록 단 하루만이라도 시간을 달라는 애절한 가사에 코끝이 맵고 눈시울이 뜨거웠다.

"와! 찰떡 케미 폭발이요."

혜림이 말하고 가영은 눈물을 터뜨릴 표정이었다. 알바트로스의 음정이 흔들리기 시작하면서 노래는 더욱 애절한 리듬을 탔다. 알바트로스가 울먹이며, 할머니를 껴안았다. 가영과 혜림도 기어이 훌쩍거렸다.

아마 우리는 이 노래를, 이 순간을 오래 기억하게 될 것이다. 아니, 잊지 못하겠지. 한동안 말없이 서로를 번갈아 보았다. 서로가 서로에게 얼마나 힘이 되는지, 얼마나 의지하고 있는지 알 수 있었다.

"할머니, 가수 같아요."

"맞아요, 할머니."

혜림과 가영이 분위기를 띄웠다. 우리는 이야기를 더 나누고 싶었지만, 할머니의 얼굴이 파리했다.

"선생님, 좀 누우셔야겠어요."

"그럴까?"

가영과 혜림은 침대에 누운 할머니의 팔과 다리를 주물렀다. 나는 물수건으로 할머니의 얼굴을 닦아 준 뒤 보습 크림을 발라 주었다.

"아진이랑 동화는 안 보이네."

"아진이는 중요한 일이 있어서 늦는댔어. 동화는 입양 갈 집에 초대받아서 갔고."

나는 가영과 혜림에게 방에 가서 쉬라고 하고는 할머니 침대에 앉았다. 할머니의 눈이 반쯤 감겼다.

나이를 먹지 않는 뱀파이어처럼 할머니가 더 나이를 먹지 않고 영원히 살 수 있다면. 영화 〈렛미인〉에서 늙지 않는 이엘리 곁을 지키며 흡혈한 피를 가져다주는 남자처럼 나도 할머니를 위해서라면 뭐든 할 것이다.

나는 할머니가 내게 들려주었던 자장가를 불렀다.

"잘 자라 우리 할머니, 앞뜰과 뒷동산에……."

노래가 채 끝나기도 전에 할머니의 눈이 감겼다.

할머니는 얼마나 더 견딜 수 있을까. 할머니가 고통받는 것도, 할머니가 내 곁을 떠나는 것도 싫었다. 하지만 내게는 선택지가 없었다. 이 상황을 받아들이는 것밖에는.

*

아이들이 모두 학교에 가고 나자 집 안은 고요했다. 할머니와 나는 꽃과 나무들, 깡이와 쫑이에 관해 소소한 이야기를 나누었다. 해리 이모가 할머니에게 할 이야기가 있다고 다가왔다. 무슨 말인지 짐작이 갔다. 어제 늦도록 동화와 둘이 대화하는 것을 보았다.

"동화, 입양 전에 위탁으로 그 집에 가기로 했어요."

"동화가 그러겠대요?"

"예, 좋은 분들 같다고요."

섭섭한 마음을 가눌 수 없었다. 하지만 동화가 받아들였다는 데 내가 뭐라 할 수 있을까.

"다른 애들도……."

아진은 부모님 이혼 절차가 마무리되면 집으로 갈 것이고, 혜림은 다른 그룹홈에 자리가 생겼다. 가영은 당분간 해리 이모와 살기로 했는데 둘 다 바라던 바였다.

할머니는 해리 이모에게 고맙다고 했다.

"선생님, 이제 아이들 걱정은 내려놓으세요. 그동안 고생 많으셨어요."

"한 게 뭐 있다고 고생은요. 저는 애들이 있어서 행복했는걸요."

"선생님께 많은 걸 배웠어요. 선생님을 만난 건 행운이에요."

"나야말로 이모 아니었으면 아무것도 하지 못했을 거예요. 끝까지 책임을 다하지 못해 미안해요."

"지금까지 해 오신 것만으로도 차고 넘치는걸요. 선생님이어서 모든 게 가능했어요."

"부끄럽기만 한데요."

두 사람의 대화는 저녁놀처럼 따뜻하고 아름다웠다.

해리 이모는 내가 원한다면 나도 돌보겠다고 했다. 할머니는 무슨 생각인지 그건 나중에 이야기하자고 했다. 모두 떠나고 나 혼자 남는 그림은 그려지지 않았다.

할머니에게 〈자클린의 눈물〉을 틀어 주고 내 방으로 건너왔다.

방 곳곳에 할머니의 손길이 닿지 않은 것이 없었다. 할머니가 손수 발라 준 하늘색 벽지, 할머니가 내 이름을 수놓은 침대보, 할머니가 골라 준 원목 책상과 듀오백 의자, 나쁜 꿈을 꾸지 말라고 놓아 준 향초…….

희야, 혼자 남을 걸 생각하니 막막하지? 네 심정 이해해. 하지만 너는 지금까지 그랬던 것처럼 앞으로도 잘 해낼 거야. 너를 믿어…….

내 안의 내가 말했다.

기분이 가라앉아 집 밖으로 나와 걷는데 초록 대문 집 앞에 사람들이 모여 있었다. 이내 사이렌 소리를 내며 구급차가 달려갔다.

"할아버지가 며칠 안 보이기에 자식들 집에 갔나 했지, 뭐예요……. 군대 갔던 손자가 휴가를 나와 찾아와서 발견했기에 망정이지 안 그랬으면……."

"그러게요, 한동네서 산 지가 10년이 넘었는데 우리가 너무 무심했어요……."

문 앞에 배달된 우유가 네 개 있었고, 손자가 다급히 문을 따고 들어갔을 때 이미 부패가 시작된 시신과 마주했다.

내게 아줌마는 고향이 어디요? 하고 묻던 할아버지의 목소리가 들리는 듯했다. 슬픔에 잠긴 사람의 말을 들어 주고, 눈물을 흘리는 사람이 있으면 꼭 안아 등을 토닥여 주라고 했던 할머니의 말이 떠올랐다.

집으로 돌아왔을 때 할머니는 소파에 앉아 있었다.

"희야, 조금 전에 구급차 소리가 들리던데."

초록 대문 집 할아버지 소식을 전할까 말까 망설여졌다. 내 표정을 보고 짐작했는지 할머니가 할아버지에게 무슨 일이 생긴 거냐고 물었다. 나는 고개를 끄덕였다.
"좀 더 마음을 써 드렸어야 했는데, 혼자서 얼마나……."
할머니가 중얼거렸다. 할머니는 죽음이 두렵지 않다고 말했지만, 아닐지도 모른다는 생각이 들었다.
할머니의 손을 잡았다. 할머니의 손은 전보다 주름이 늘고 퍼런 핏줄이 도드라졌다.
"할머니, 안마해 줄게."
나는 할머니의 어깨를 주무르고 손을 지압했다.
"아이구, 우리 희야 손이 약손이네. 아픈 게 다 나았어. 나를 닮아 손끝이 야물어서 말이야."
할머니를 닮았다는 말에 가슴이 찡했다.
나는 할머니의 가슴을 토닥였다. 할머니는 오래 버티지 못하고 눈을 감았다. 이마의 주름과 움푹 들어간 눈과 볼, 파리한 입술을 보아 내는 게 힘겨웠다.

할머니가 가꾼 꽃과 나무들은 여전히 곱고 아름다운 자태를 뽐내며 향기를 내뿜었다. 깡이와 쫑이는 오늘도 할머니 방 앞을 떠나지 않았다. 젖은 눈으로 내게 할머니의 안부를 물었다. 나는 괜찮아질 거라고 말해 주었다. 둘은 자기들도 뭔가 하고 싶지만 할 수 없어 안타깝다고 했다.
우리는 여전히 하나의 풍경으로 살아가고 있다. 슬픔을 함께 나누고 이별을 연습하면서…….

할머니가 아프기 전으로 돌아가 1년만 살 수 있다면, 한 달, 아니 하루만이라도 살 수 있다면……. 할머니가 이렇게라도 살아만 있어 준다면, 할머니를 만질 수만 있다면…… 신이 있다면 그 앞에 무릎이라도 꿇고 빌고 싶었다. 내게 남은 행복을 다 가져가고, 할머니를 살려 주세요, 제발!

가슴에 고인 것들을 글로 써 내려갔다. 글이라고도 할 수 없는, 할머니를 위한 기도 같은 거였다. 단어와 문장들이 머릿속에서 벌떼처럼 붕붕거렸다. 그것들로부터 도망가고 싶고, 또 하나도 놓치지 않고 붙잡고도 싶었다. 단어 하나, 문장 하나를 쓰는 데도 혼이 다 빠져나간다는 것이 어떤 것인지 어렴풋하게 느낄 수 있었다. 그럼에도 쓰지 않으면 안 될 것 같은 이 느낌은 뭔가. 불길처럼 솟구치는 이 강렬한 감정은. 이 두근거림, 이 떨림, 특별한 세상을 만난 것 같은 이 기분은. 책 읽는 사람이 되고 싶었을 때와는 또 다른 감정이었다.

작별

기온이 점점 내려가기 시작할 무렵, 할머니의 장기들이 하나씩 무너져 내렸다. 소변을 보지 못해 몸이 붓고 기력이 없어 몸을 제대로 가누지도 못했다. 작은 소리에도 놀라는가 하면, 잠들었다가도 곧 깨었다. 이따금 호흡 곤란도 찾아왔다.

해리 이모가 아이들을 다시 집으로 데려가겠다고 하자 알바트로스도 동의했다. 모두 함께 있기를 바랐지만, 할머니를 위한 최선이라는 데 이의가 없었다.

이번 결정을 가장 서운해하는 건 동화였다.

"언니, 나 해리 이모네 갔다가 곧장 그 집으로 갈 거야. 우선 위탁으로."

"응, 알아. 가서 너무 잘하려고 애쓰지는 마. 자연스럽게 좋아지고 익숙해질 때까지 너를 내버려둬. 알았지?"

고개를 끄덕이는 동화의 눈에 눈물이 그렁그렁했다.

"노력해도 나아지지 않으면 다시 돌아와도 돼?"

할머니가 없는 집에 돌아올 수 없다는 걸 알면서도 동화는 그렇게 물었다.

"당연하지. 언제나 네가 우선이라는 걸 기억해."

"알았어. 집에 못 돌아오면 나, 언니랑 같은 대학교에 갈 거야."

"뭔 소리야? 나는 대학교 안 갈 수도 있는데."

"그럼 나도 가지 말까?"

"야, 따라 할 걸 따라 해야지."

"동화 언니, 그만해. 언니만 가는 거야? 다른 데로 가고 싶은 사람 아무도 없어. 나는 뭐 언니보다 덜 서운해서 이러고 있는지 알아? 겨우 참고 있는데 왜 자꾸 그러냐고."

혜림이 톡 쏘았다.

"미안."

"어딜 가도 우리 집처럼 좋은 데는 없을 거야."

가영의 말에 모두 눈길을 주고받으며 고개를 끄덕였다.

"희야 언니, 할머니가 우리 보고 싶다고 하면 연락해. 바로 달려올 테니까."

동화가 말했다. 나는 고개를 끄덕였다.

"할머니 보고 싶으면 어떡해?"

혜림이 물었다.

"오면 되지."

아진이 말하고는 할머니 곁으로 다가가 손을 잡아 주고 돌아섰다.

우리는 절대 울지 않기로 약속했지만, 헤어지는 순간 울음을 터뜨렸다.

아이들이 떠나자 집 안이 휑뎅그렁했다. 나는 자다 깨다 하는 할머니 곁을 지켰다.

"저 집에 불이 났어요, 불을 꺼요."

할머니가 또 헛것을 보고 있었다. 집에 불이 났던 일을 무의식 속에서 불러내고 있는지도 몰랐다.

"할머니, 괜찮아. 나야, 희야."

할머니는 나를 보지도 않고 겁에 질려 몸을 웅크렸다.

"집에 불이 났어요. 얼른 불을 꺼 줘요."

금방이라도 숨이 넘어갈 듯한 목소리였다. 몸에서는 열이 났다. 나는 물수건을 할머니의 이마에 올려 준 뒤 숨이 안정될 때까지 가슴을 쓸어 주었다. 할머니는 눈을 감은 채 무슨 말을 했지만 웅얼웅얼할 뿐이어서 알아들을 수가 없었다.

어둠이 내렸고, 나는 뭔가를 생각해 보려고 했다. 어떤 것도 떠오르지 않았다.

할머니는 지난밤의 일은 기억하지 못했다. 고요한 표정으로 꽃과 나무들을 바라보고 새들과 이야기도 나누었다. 나는 종일 할머니 옆에 있었다. 할머니가 잠들면 함께 잠들고, 할머니가 깨면 나도 깨었다.

"희야, 요즘은 무슨 책 읽어?"

"책? 안 읽어."

"그래, 읽고 싶지 않을 때는 읽지 않는 게 좋아."

전부터 할머니는 아무 책이나 펼쳐 들고 재미있으면 읽으라고 했다. 읽다가 재미없으면 덮어 두라고. 다시 읽고 싶어질 때 읽으면 된다고. 책이 재미없는 것은 읽는 사람의 잘못이 아니라 쓴 사람의 문제라고. 작가들이 들었다면 기분 나빴을 것이다.

"대신 아무거나 끄적거리고 있어."

"오오! 글을 쓰는 거야?"

"글이라고 할 수도 없는 거야."

"어떤 건데?"

"그냥 아무거나 떠오르는 것들. 아침에 일어나서 마시는 공기의 냄새, 꽃나무들과의 눈 맞춤, 깡이랑 쫑이와 나누는 이야기, 뭐 그런 것들."

이슬 머금은 거미줄의 모양, 빗방울이 꽃잎 위를 구르는 소리, 놀이 물드는 시간의 감촉…….

할머니를 향한 기도에 가까운 마음에 관해서는 말하지 않았다.

"아름다운 내용이겠네."

"아니, 꼭 그렇지 않아. 기분이 엉망일 때는 우쒸우쒸 욕도 써."
"그래, 글이란 그런 거야. 아름다운 것만, 아름답게만 쓰면 좋은 글이 될 수 없어."
반성하는 글쓰기 같은 것은 더욱 안 하는 게 좋다고 덧붙였다.
그 말이 마음에 들었다. 할머니는 가상의 인물을 내세워 이야기를 만들어 보라고 했다. 체험과 상상이 빚어내는 진실한 가짜 세계를 만드는 것은 흥미로울 거라고. 소설이라는 방 밖에서 삶을 엿보는 것 또한 즐거울 거라고.
남이 만들어 낸 이야기를 읽을 줄만 알았지, 이야기를 만들어 쓴다는 것은 생각해 보지 않았는데, 호기심이 일었다.
"이야기는 죽지 않는단다. 이야기에는 영원한 생명이 깃들어 있거든."
이야기가 있는 한 할머니는 영원히 살 수 있다는 말이었다. 할머니와 헤어지지 않을 수 있다면, 뭐든 할 수 있었다.
"넌 작가의 기질을 타고났어. 뼛속까지."
작가의 기질이라는 것이 뭔지는 모르겠지만, 할머니가 나를 지지해 주는 말이라는 것만은 알 수 있었다. 게다가 뼛속까지,라는 말이 좋았다. 살도 아니고 피도 아니고 뼛속이라니. 그 말이 뼛속까지 스며드는 느낌이었다. 이런 걸 언어의 힘이라고 하는 걸까.
"작가의 기질이 뭐야?"
"너처럼 머릿속에서 늘 지진이 나는 거."
슬프고 억울하고, 분한 마음들이 모여 지진을 일으켰다. 그런 사람에게는 절대적으로 고요가 필요했다. 고요에 이르기까지는 고독할 수밖에 없고, 차차 고독의 맛을 알게 되어 마침내 고독을 즐기게 되었다.

의미는 막연했지만 내가 고독을 씹는 것과 어느 정도 맞닿아 있는 거라는 생각이 들었다.

"또 영혼이 자유로운 거."

이번에는 명쾌했다. 뭔가에 얽매이는 것을 싫어하는 것.

내가 진정한 고독의 맛을 알고 즐기게 되는지, 내 영혼이 자유로운지는 알 수 없었다. 중요한 것은 할머니가 또 내게 마법을 걸고 있다는 거였다. 자기가 만든 조각상을 사랑해서 조각상이 생명을 얻게 만든 피그말리온처럼. 그 마법의 힘으로 어쩌면 나는 작가가 될 수 있을지도 모른다. 하지만 작가가 되어 있는 내 모습은 쉽게 그려지지 않았다.

"할머니, 미래는 어떤 거야?"

"미래는 미래야. 과거가 과거이듯이, 현재가 현재이듯이."

"그런 엉터리가 어딨어?"

"미래는 상상하는 거야."

"난 상상이 안 돼."

"상상은 자유잖아. 맘껏 해 봐."

나는 할머니가 없는 미래는 상상할 수가 없어,라는 말을 꾹 눌러 삼켰다.

"다만 미래를 위해 굳이 뭔가를 할 필요는 없어. 뭘 한다고 해도 네가 거기에 도달할 때쯤이면 또 다른 미래가 다가와 있을 테 니까."

"현재에 충실해라, 뭐 그런 뜻?"

"그렇지."

할머니의 이마에 땀이 맺혔다. 나는 물수건으로 할머니의 얼굴을 닦아 준 뒤 불을 끄고 할머니 옆에 누웠다. 잠이 오지 않았지만 잠든 척했다. 할머니도 그러고 있을는지 모른다. 우리는 전에도 종종 그랬다. 서로가 곁에 있고 같은 방향을 보고 있다는 것만으로도 행복했다.

설핏 잠이 들었는데 얼굴에 이물감이 느껴져서 잠이 깼다. 할머니가 내 얼굴을 쓰다듬고 있었다. 그 손길의 여운을 느끼며 나는 다시 잠에 빠져들었다.

"오늘은 하늘에 구름 한 점 없네."

할머니가 창밖을 내다보며 말했다.

"마당에 나갈까?"

"그러자."

할머니와 팔짱을 끼고 현관을 나섰다. 할머니의 기척을 알아차렸는지 깡이가 달려왔다.

"우리 깡이 잘 잤니?"

깡이는 할머니 발을 핥느라 정신이 없었다. 할머니는 우리 깡이 우리 깡이, 하며 허리를 굽혀 깡이를 쓰다듬었다. 나뭇잎 한

장을 물고 쫑이가 달려왔다. 녀석도 할머니에게 선물을 주고 싶었을까. 할머니가 우리 쫑이 고마워, 하며 나뭇잎을 받아들었다. 녀석은 깡이가 할머니 발을 핥는 것을 보더니, 반대편 발등에 볼을 비벼 댔다. 이어 둘은 벌렁 누워서 장난을 쳤다. 할머니에게 그 모습을 보여 주고 싶다는 듯이. 녀석들도 할머니가 아프다는 것, 곧 우리 곁을 떠난다는 것을 알고 있는 거였다.

할머니는 화단을 한 바퀴 돌며 나무들에게 인사했다. 잘 자라 줘서 고맙다고. 요즘 아무것도 해 주지 못해 미안하다고. 아니라고, 우리가 이렇게 자란 것은 할머니의 사랑 덕분이라고 나무들이 속삭였다.

할머니는 목련 앞에 멈춰 섰다. 목련 가지에 모여든 햇살이 부챗살 모양으로 퍼지더니 할머니 어깨를 감싸안았다.

"희야, 이것 좀 봐. 목련꽃이 활짝 피었어."

꽃이 어딨다고, 가슴이 저미었다. 어쩌면 나를 처음 만났던 날의 목련을 떠올리고 있는지도 모른다. 초저녁 달빛을 받아 화사하게 웃고 있었다는 그 꽃을.

"와! 정말이네."

나는 일부러 목소리를 높였다. 환상을 보면서라도 할머니가 행복해하는 모습이 좋았다. 할머니에게 기쁨을 줄 수 있다면 마술이라도 부려 끝도 없이 목련꽃을 피워 내고 싶었다.

할머니가 달빛보다 환하게 웃었다.

"아가, 너는 어디서 왔니?"

할머니가 나를 보며 말했다.

"여기서."

나는 할머니 가슴에 손바닥을 대었다.

"그래, 너는 여기서 왔지."

할머니는 여전히 웃고 있었지만, 눈에 초점이 없고 얼굴이 하얗게 질려 있었다.

"할머니, 이제 들어가자."

할머니는 내 말이 들리지 않는 듯했다. 내 이름을 몇 번 부르더니 이내 숨이 가빠져 말을 잇지 못했다.

"할머니, 왜 그래? 괜찮아?"

할머니는 할 말이 있는 듯했지만, 밭은 숨만 내뱉으며 곧 쓰러질 것처럼 몸이 휘청했다.

알바트로스에게 연락하자 곧 달려왔다. 그와 함께 할머니를 침대에 눕혔다. 물 몇 모금을 겨우 넘긴 할머니는 이내 잠들었다.

할머니의 점심 식사를 준비하는 중이었는데, 해리 이모와 아이들이 뛰어 들어왔다.

"연락도 없이 어떻게?"

할머니가 반기며 물었다.

"할머니가 보고 싶어서 번개 쳤어요."

혜림이 말했다.

"그래, 그래, 잘 왔다. 나도 너희가 보고 싶었어. 이런 번개라면 맨날 쳐도 좋겠다."

"선생님, 잘 지내셨어요?"

"덕분에요."

"근데 할머니, 왜 이렇게 마르셨어요?"

아진이 울먹거리며 물었다. 눈물은 쉽게 전염되었다. 모두 훌쩍거렸다.

"얘들아, 이렇게 좋은 날 울면 안 되지."

해리 이모의 말에 아이들이 차례로 눈물을 그쳤다. 아진만은 그치지 않았다.

"할머니, 죄송해요. 제가 속을 많이 썩여서……."

"그런 말이 어딨어? 네가 있어서 얼마나 좋았는데."

아진이 할머니 품으로 뛰어들었다. 할머니가 아진의 등을 토닥여 주었다.

"이거요."

아진이 작은 상자를 내밀었다. 모두 상자 안에 뭐가 들었는지 궁금한 눈빛이었다. 가발! 모두의 눈이 휘둥그레졌다.

"제가 알바해서 산 거예요."

아진은 할머니에게 가발을 씌워 주었다. 나는 얼른 거울을 가져다주었다.

"할머니, 10년은 더 젊어 보여."

내가 말하자 혜림이 10년이 뭐냐고, 20년은 더 젊어 보인다고 했다. 할머니는 가발을 쓴 채 거울을 보며 내가 이렇게 젊어지다니, 하며 웃음을 지었다.

동화는 할머니에게 인사한 뒤 할머니를 껴안았다.

"할머니, 이거 제가 그린 거예요."

할머니의 초상화였다. 그림 속에서 할머니는 활짝 웃고 있었다.

할머니랑 똑 닮았다, 할머니가 훨씬 예쁘다……. 아이들이 돌아가며 품평을 했다. 할머니는 내가 이렇게 이뻐? 하며 초상화를 안듯이 가슴에 바짝 대었다.

"다음에는 더 잘 그려 드릴게요."

"이거보다 더 이쁘면 사기라고 할 거야."

할머니는 웃으며 말하고는 동화를 바라보았다. 특별한 말을 할 때의 눈빛이었다.

"동화야, 이걸 영정 사진으로 쓰고 싶다."

"할머니, 왜 그런 말씀을?"

"허락해 줄래?"

고개를 끄덕이는 동화의 눈에 눈물이 글썽했다. 모두 다시 눈물을 터뜨릴 분위기였다.

"아직 공개된 건 아닌데 제가 만든 이모티콘, 플랫폼에 올렸어요. 우리 가족 모두의 캐릭터를 그린 거예요."

와! 소리와 함께 순식간에 분위기가 튀어 올랐다. 각자 동화가 자신을 어떻게 표현했는지 궁금해했다. 동화는 공개될 때까지 비밀이라고 잘랐다.

"짜잔!"

가영이 할머니 앞으로 보자기에 싼 상자를 내밀었다. 보자기를 펼치자 커다란 나무 그릇에 잡채가 가득 들어 있었다.

"할머니, 잡채 좋아하시죠? 이거 완전 제 솜씨예요. 해리 이모 도움 없이 만들었어요."

"이걸 네가 어떻게? 정말 대단하다. 안 그래도 잡채가 먹고 싶었는데."

"할머니, 드시고 싶은 거 있으면 언제든지 말씀만 하세요. 제가 뭐든 만들어 드릴게요."

할머니는 말만 들어도 고맙다고 하면서 가영의 손을 잡았다.

"요즘도 봉사 활동은 다니고?"

"그럼요, 아무래도 저 사회 복지사가 적성에 맞는 것 같아요."

"그래? 해리 이모한테 많이 배워야겠네."

"가영이 너, 꿈이 또 바뀐 거야?"

혜림이 비아냥거렸다.

"꿈은 바뀌라고 있는 거랬지?"

가영이 웃으며 되받았다.

"할머니, 저 친구가 생겼어요."

같은 반 아이 중에 예전의 가영처럼 말을 더듬는 아이가 있었다. 가영은 그 애의 말을 들어 주고, 그 애가 눈물을 흘릴 때 안고 등을 토닥여 주었다. 그 애랑 단짝 친구가 되었다. 혜림이 혹시 남자애냐고 묻자 가영이 고개를 끄덕였다. 혜림이 혹시 사귀는 거? 하자 가영이 아마도,라고 했다. 뭐야, 완존 내숭? 대박! 조롱 섞인 탄성이 터져 나왔다.
 할머니는 감동한 눈빛으로 고개를 끄덕였다.
 "할머니, 저는 선물을 챙기지는 못했지만 기쁜 소식을 가지고 왔어요."
 혜림이 말하고는 뜸을 들였다.
 "야, 빨리 말해 봐. 할머니 궁금해하시잖아."
 가영이 재촉했다.
 "베트남 방송국에서 연락 왔어요. 곧 초대하겠대요."
 할머니와 아이들이 와, 하며 손뼉을 쳤다.
 "야, 그걸 왜 이제 말해?"
 가영이 혜림을 향해 눈을 흘겼다.
 "이런 걸 아껴 먹는 기쁨이라고 하는 거야."
 "며칠 전에 연락이 왔는데, 할머니한테 먼저 알려 드리려고 참고 있었어요. 입이 근질근질해서 더 못 참고 번개 친 거예요."
 "잘했다, 정말 잘했어."
 할머니는 혜림의 등을 토닥여 주었다.
 "모두 잘 지내 주고, 이렇게 와 줘서 고마워."
 "할머니, 그러시니까 꼭 종례 시간 같아요."
 혜림이 목소리를 띄우자 모두 웃음을 터뜨렸다.
 "자, 이제 잡채 파티를 시작할까?"
 가영이 말하고 잽싸게 주방을 향해 갔다.

"할머니, 빨리 드셔 보세요."

가영이 말했는데도 할머니는 젓가락을 들지 않고 내 눈치를 보았다. 내가 먹는 걸 보고 싶은 거였다. 가출했다가 돌아왔을 때 할머니가 만들어 준 잡채가 떠올랐다. 다시는 할머니가 좋아하는 걸 먹지 않겠다고 다짐했던 그날의 내가. 묵직한 게 가슴을 짓눌렀지만, 입에 침이 고였다. 할머니와 눈을 맞춘 뒤 얼른 한 젓가락을 먹었다. 과연 가영은 해리 이모의 수제자라 할 만했다. 나는 가영에게 엄지척으로 답했다. 할머니가 젓가락을 들자, 아이들도 따라 들었다.

당면이 쫄깃하다, 고기를 넣지 않고도 어떻게 이런 맛을 낼 수가 있냐, 잡채가 이렇게 맛있는 음식이라는 걸 처음 알았다······. 아이들은 쉴 새 없이 재잘거리면서 순식간에 그릇을 비웠다.

"내가 먹어 본 잡채 중에 최고야."

할머니가 말하자 가영이 으쓱하며 양손으로 브이를 그려 보였다.

우리는 어제도 만났던 것처럼 정겨웠다. 수다는 두 시간도 넘게 계속되었다.

아이들이 돌아간 뒤에도 할머니는 몹시 뿌듯해했다. 잠들기 전까지 아이들에 대해 이야기했다. 나는 할머니가 잠든 뒤 한 시간쯤 할머니 옆에 앉아 있다가 누웠다. 얼마나 시간이 흘렀을까. 할머니가 허공에 대고 손을 저었다.

"윤희야."

할머니가 벌떡 일어나 앉아 나를 낳은 엄마의 이름을 불렀다.

"할머니."

"윤희야, 네가 여길 어떻게 왔어?"

할머니가 윤희야, 윤희야, 부르며 두 팔을 벌려 나를 안으려다 말고 고개를 떨어뜨렸다.

"미안하다. 정말 미안해. 용서해 줘."

할머니가 하염없이 흐느꼈다. 내가 희야,라고 몇 번을 말해도 소용이 없었다. 기어이 설움이 북받쳤다. 할머니를 힘껏 부둥켜안았다. 가슴속의 응어리가, 얼음 조각들이 녹아 눈물로 흘러내렸다.

*

어젯밤에 섬망이 심해서인지 할머니는 정오까지 자다 깨다 했다. 오후 세 시가 되어서야 곤히 잠들었다가 어스름 녘에 일어났다.

"희야, 아진이가 사 준 가발, 써 볼까?"

"누구 만나려고?"

"아니, 아무한테도 이런 모습 보여 주기 싫어. 사람들은 마지막으로 본 모습을 기억하거든."

할머니가 뭐든 마지막이라고 생각하는 것이 안타까웠다.

"희야, 케렌시아로 데려다줄래?"

"그 몸으로 거길 어떻게 간다고 그래?"

꼭 가고 싶다,라고 말하는 할머니의 눈빛이 너무 간절해서 차마 거절할 수 없었다.

"정말 갈 수 있겠어?"

"그럼, 천천히 가면 되지. 힘들면 쉬었다가 가고."

평지나 경사가 완만한 곳은 휠체어를 사용하고, 경사가 급한 오르막길과 내리막길에서는 걷기로 했다.

"알바트로스 아저씨 부를까?"

"아니, 너랑 둘이 가고 싶어."

무리라는 것을 알면서도 할머니의 뜻을 따르기로 했다. 어쩌면 마지막이 될 수도 있을 테니까. 설마 다녀오는 길에 무슨 일이 생기기야 할까. 만일에 대비해 알바트로스에게 톡을 보내 두었다.

우리가 집을 나섰을 때는 사위에 어둠이 내린 뒤였다.

숲은 어느 때보다 적막했다. 할머니와 나는 천천히 목적지로 향했다. 휠체어 바퀴가 나뭇가지에 걸리기도 하고 돌멩이에 치이기도 했다. 휠체어를 세워 두고 걸었다. 꼭 가고 싶은 의지 때문인지 할머니는 생각보다 잘 걸었다.

나무문 앞에 당도하자 할머니는 길게 한숨을 내쉬며 숨을 고른 뒤 가슴을 쓸어내렸다. 나는 풀과 나뭇가지를 걷어 내고 문을 열었다. 아늑한 공간이 우리를 맞아 주었다.

할머니의 얼굴에 희미한 미소가 피어났다.

"이곳이 없었다면, 견디지 못했을 거야."

아무에게도 의지할 수 없는 시간, 잠 못 이룬 숱한 밤들에 할머니는 이곳을 찾아왔다. 한번은 이곳에 있었던 나무 아래서 잠든 적도 있었다. 깨어났을 때는 이미 해가 하늘 한가운데 떠 있었다. 출근해야 한다는 생각에 부랴부랴 산에서 내려갔는데, 일요일이었다.

할머니의 얼굴은 그 어느 때보다 편안해 보였다.

"희야, 이제 돌아가자."

할머니는 구석구석을 살피고, 문을 나선 뒤에도 한참 서성이다 돌아섰다.

집으로 돌아오는 길은 산에 오를 때보다 훨씬 힘들었다. 휠체어는 사용할 수가 없었다. 할머니는 걸음을 옮길 때마다 숨을 헐떡였다. 마침 알바트로스가 마중을 나왔다. 알바트로스는 할머니와 나를 번갈아 보며 어이없다는 표정을 지었다.

*

할머니는 앉아 있는 것도 힘에 부쳐 하루 대부분을 누워서 보냈다. 등과 엉덩이의 피부가 붉어지더니 물집이 생기고 짓물렀다. 수시로 누운 자리를 바꿔 주고 약을 발라 주어도 나아지기는커녕 점점 심해졌다. 혈압이 떨어지고 몸이 퉁퉁 붓는가 하면 입술과 혀, 귀까지 푸르스름한 빛이 돌았다. 스스로 변 처리를 할 수 없어 내가 도와야 했다. 처음에는 내가 할 수 있을지 자신이 없었다. 하지만 내가 아기였을 때 할머니가 내게 해 준 일이라 생각하니, 어렵지 않았다. 할머니는 매번 눈을 감고 낮게 신음을 토했다.

일주일 전부터 할머니는 식사량을 줄였다. 사흘 전부터는 아예 음식을 끊다시피 했다. 처음에는 입맛이 없다고 해서 그런 줄 알았다. 그런데 알바트로스와 내가 강제로 떠먹인 유동식마저 입안에 숨겨 놓았다가 몰래 뱉었다. 그것도 모자라 혀로 유동식을 밀어내는 걸 보는 순간, 모든 게 할머니의 의지라는 걸 깨달았다. 할머니는 온몸으로 죽음을 받아들이고 있었다.

"희야!"

조금 전에도 부르고는 아무 말도 하지 않더니 또 불렀다.

"응, 왜?"

할머니는 무슨 말을 하려는 듯이 입술을 달싹였다. 목에서 가래 끓는 소리만 날 뿐이었다. 나는 할머니가 잠들 때까지 할머니의 가슴을 도닥였다.

나는 죽어서 뭔가가 될 수 있다면, 빗소리가 아니라 할머니가 될 것이다. 할머니는 죽어서 내가 되어야 할 테고. 그래야만 내가 할머니에게 받은 것을 돌려줄 수 있을 테니까.

나는 할머니 옆에 누웠다. 오늘은 왠지 〈자클린의 눈물〉을 들으며 잠들고 싶었다. 애절한 선율이 몸속으로 스며들었다.

할머니가 어딘가를 향해 계속 걸어가고 있었다. 마치 자코메티의 조각상처럼. 나는 멀어져 가는 할머니를 불렀다. 할머니는 돌아보지 않았다. 걸음의 폭을 크게 해서 할머니를 따라갔다. 그럴수록 할머니는 멀어져 갔다.
멀리 꽃이 만발한 동산이 펼쳐졌다. 할머니를 마중이라도 나온 것처럼 꽃들의 몸짓이 다정했다. 꽃동산으로 들어간 할머니는 꽃들과 손을 잡고 춤을 추었다. 어느 순간, 할머니의 모습은 보이지 않고 꽃들만 너울거렸다.
할머니, 할머니! 소리치며 달렸다. 숨이 목까지 차올라 멈춰 섰다. 꽃동산이 시야에서 사라지고 없었다. 순간, 절로 눈이 떠졌다. 아침 일곱 시가 지나 있었다.
할머니의 얼굴은 그 어느 때보다 고요하고 편안해 보였다. 다른 때 같았으면 할머니의 품으로 파고들었을 텐데, 소변이 급했다. 몸을 일으켜 침대를 빠져나가려는데 느낌이 이상했다. 할머니의 얼굴을 보는 순간, 서늘한 기운이 훅 끼쳤다. 차마 할머니의 얼굴을 만질 수도, 코밑에 손가락을 댈 수도 없었다.
아무 일도 일어나지 않은 거라고 마음을 다잡았다. 평소에 하던 대로 따뜻한 물수건으로 할머니의 몸을 닦아 주었다. 얼굴부터 가슴과 배, 옆구리와 등, 팔과 손, 손가락, 엉덩이와 다리, 발,

발가락까지. 눈물이 터질 것 같아 입술을 깨물었다.
"할머니, 개운하지?"
우리 희야가 나를 닮아 손끝이 야물어서 말이야. 아픈 것도 싹 다 나았어.
"그래, 이제 아프지 말고 꽃동산에서 노래하고 춤추며 놀아."
꽃이 되어 새와 나비, 벌레들과 벗하여 지낼 할머니의 모습을 그려 보았다. 기이한 안도감이 온몸을 감쌌다.
할머니 곁에 다시 누웠다. 사람들을 부르기 전에 둘만의 시간을 갖고 싶었다.
내가 눈에 보이지 않을 때가 오더라도 나는 네 안에 있다는 걸 잊지 마.
가슴속에서 뜨거운 것이 북받쳤다.
"엄마!"
몇 번이고 엄마를 불렀다. 엄마는 내게 사랑이 무엇인지 몸소 보여 주었다. 내게 영원한 솔라! 엄마는 내 마음속에 영원히 살아 있을 거야.
나는 알바트로스의 휴대전화 번호를 눌렀다.
"할머니가……."
알바트로스는 어린아이처럼 울음을 터뜨렸다.
"그래, 선생님은 이제 편히 쉬실 수 있겠다."
곧장 달려온 그는 나를 향해 웃음을 지어 보였다.
"망치 할아버지가 한 말인데, 아모르 파티라고……."

운명을 사랑하라! 고통을 포함해 있는 그대로의 운명을 받아들이는 삶의 태도를 뜻했다. 그것은 삶에 대한 열정과도 통했다. 이럴 때 이렇듯 장황하게 말하는 사람은 그밖에 없을 것이다. 나를 위로하려고 일부러 그런다는 것을 알 수 있었다.

"선생님은 그렇게 당신의 운명을 사랑하셨어."

지금까지 잘 살아왔잖아……. 내가 겪어 내야 할 일에 대해서는 걱정하지 않아.

수술받기 전에 할머니가 했던 말이 떠올랐다.

고개를 끄덕였다.

"자, 이제 모두에게 알려야지?"

나는 해리 이모와 아이들에게 연락했다. 알바트로스는 할머니의 뜻에 따라 생전에 연락하지 않았다는, 할머니의 제자들이자 그의 친구들에게 전했다. 할머니는 꽃이 된 뒤에야 오래전 제자들을 만나게 되었다. 할머니의 첫사랑에게 연락할까 말까, 마음이 오락가락했다. 생의 한때 그런 사람, 그런 시간이 있었다는 것만으로도 족해. 기대고 싶고 설렜으니까. 죽기 전에 꼭 한 번……. 할머니의 휴대전화로 통화 버튼을 눌렀다. 전화를 받을 수 없다는 멘트만 흘러나왔다.

창문을 열었다. 한없이 투명한 하늘과 잔잔한 바람, 꽃나무들이 할머니와 작별 인사를 나누었다. 깡이와 쫑이, 새와 벌레들도 기미를 알아채고 할머니 방 앞으로 모여들었다.

정오가 막 지날 무렵, 해리 이모와 아이들이 왔다.

그 후

할머니가 꽃이 된 지 두 달이 지났다. 그사이 계절이 바뀌어 나무와 벌레들이 겨울잠에 들어갔다. 깡이가 할머니를 따라 하듯 먹은 것을 토하다가 결국 먹지 않더니 엄마를 만나기 위해 먼 길을 떠났고, 해리 이모와 가영이 돌아왔다. 할머니는 '작은 울타리'가 계속 유지되기를 바랐고, 알바트로스와 해리 이모가 운영하기로 동의했던 거였다.
 하지만 할머니가 없는 '작은 울타리'는 내게 울타리가 되어 주지 못했다. 해리 이모도 알바트로스도, 가영도 그 누구도 위로가 되지 않았다. 밥을 먹을 수도, 잠을 잘 수도 없었다. 책 속으로 도망가 보려고 했는데, 그것도 여의치 않았다. 화단과 방, 주방이며 창고, 집안 곳곳에서 할머니의 목소리가 들렸다. 희야, 희야! 소리가 나는 쪽으로 몸을 돌리면 사라지고 없는, 볼 수도 만질 수도 없는 목소리가 미웠다. 형체 없는 목소리를 원망하는 것도 지쳐 갈 무렵, 여기저기서 할머니의 얼굴이 보이기 시작했다. 할머니는 한 명이 아니었다. 수십 명 아니, 수백 명쯤 되었다. 거울로 가득 찬 방에 있는 느낌이었다. 어지러웠다. 할머니 손을 잡고 품에 안기고 싶었다. 하지만 내가 손을 잡고 안길 수 있는 할머니는 그 어디에도 없었다.

할머니가 없는데도 내가 살아가고 있다는 게 믿기지 않았다. 나는 시름시름 앓았다. 열이 오르고 몸이 바닥 모르게 가라앉았다. 이별은 연습한다고 해서 극복할 수 있는 것도, 견딜 수 있는 것도 아니었다.

수면제를 먹으면 할머니처럼 영원히 잠들 수 있지 않을까. 병원에 가서 수면제를 처방받았다. 일주일 치 약을 한꺼번에 먹어 봤지만, 잠에서 영영 깨어나지 못하는 일은 일어나지 않았다.

"네가 이러는 걸 선생님이 아시면, 마음이 어떠실까."
"할머니는 이제 마음이 없는 사람이잖아요."
"아니, 선생님 마음은 네 안에 있어. 마음의 소리에 귀를 기울여 봐."
"제 마음에는 소리가 없어요."
"그건 네가 듣지 않으려고 하기 때문이야."
"지진 때문에 마음에 금이 가 버렸어요."
"금 간 자리가 붙어 더 단단해진단다."

"……."

"난 말이다, 네가 지진이 나는 아이라서 좋아."

그가 눈을 찡긋하며 웃었다. 할머니는 내가 지진이 나는 아이라서 작가가 될 수 있을 거라고 했는데. 가슴속에서 무지개가 피어났다.

"오늘 딸을 만나 보려고."

드디어 그가 말했던 때가 온 모양이었다.

그가 나간 뒤 나는 숨기 좋은 방으로 들어왔다.

금방이라도 쓰러질 듯한 몸으로 어딘가를 향해 걸어가는 사람. 문 안쪽에 걸린 사진 속의 인물과 마주 섰다.

그래, 끝없이 걸어가는 거야. 걷다 보면 어디로든 가게 되겠지. 그곳이 어디든 가는 게 중요하고, 그곳이 어떤 곳인지는 가 보면 알게 될 테지.

책들도 할머니가 꽃이 되었다는 것을 알고 있었다. 글자들이 우르르 책을 빠져나와 어깨를 다독여 주었다.

"너희도 할머니가 보고 싶지?"

당연히. 도끼날을 품고 견디는 중이야. 네가 있어서 얼마나 다행인지 몰라.

"그래, 나한테도 너희가 있어."

우리에게는 우리가 있는 거야.

"그래, 우리라는 말 참 좋다."

할머니는 우리와 마지막 인사를 하면서도 네 걱정만 하셨어.

할머니가 보고 싶을 때마다 너를 생각하고 네게 말을 걸어 주라고. 너를 안아 주고 네 어깨를 토닥여 주라고. 그러니까 힘들 땐 언제든지 우리를 찾아와.

"사실, 나는 힘들 때마다 이 방에 왔었더라. 그걸 이제야 깨달았어."

맞아. 너는 우리를 좋아하지 않는다고 했지만, 좋아한다는 거 우리는 전부터 알고 있었어.

"나는 늘 너희한테 위로를 받았거든."

아마 그랬을 거야. 우리에겐 작가들의 혼이 깃들어 있으니까. 작가들은 늘 타인의 아픔 가까이에 있고, 아픈 그들에게 다정하게 말을 건네는 사람들이야.

책들의 말은 따뜻한 바람처럼 내 몸과 마음을 흔들어 깨웠다.

너, 소설을 써 보는 게 어때?

"내가 무슨 수로?"

우린 알아. 네가 소설을 쓰고 싶어 한다는 걸, 네가 할 수 있다는 것도 말이야.

책들은 할머니가 그랬듯 마음을 다해 나를 바라봐 주고, 용기를 주었다.

문득 이곳이 나의 케렌시아라는 생각이 들었다.

지난 두 달 동안 할머니 거라면 뭐든 보지 않으려고 했는데, 오늘은 볼 수 있을 것 같았다. 아니, 보고 싶었다. 교단 일기와 할머니가 학생들과 주고받은 편지가 들어 있는 서랍을 열었다.

편지 뭉치 아래 묵직한 서류봉투가 있었다.

'우리 희야가 이 글을 읽을 때쯤이면 내 몸은 다른 세상에 가 있겠지.'

봉투 겉면에 적혀 있었다. 봉투를 여는 손이 떨렸다. 봉투 안에는 A4 용지 100장 정도의 출력물이 들어 있었다.

'희야, 너와 눈이 마주치는 순간, 너는 나의 전부가 되었다.'

그것이 뭔지 단박에 알 수 있었다. 소설을 쓴다는 건 말이야, 살아 있다는 걸 느끼게 해 주는 최고의 선물이야. 몰입하게 되거든. 몰입하면 아무것도 보이지 않아. 진정한 자신을 만나게 되는 거지.

단숨에 할머니가 쓴 소설을 읽어 냈다.

소설 속의 주인공은 할머니이기도 하고 할머니가 아니기도 했다. 다만 이야기 속에 할머니의 삶이 고스란히 녹아 있었다. 나를 만나기 전까지 얼마나 아팠는지, 내가 와서 얼마나 기뻤는지, 나를 얼마나 사랑했는지……. 나를 처음 만난 날부터 꽃이 되기 전까지의 나날들에 대한 기록이자 은유이고, 허구의 세계였다.

비로소 나는 할머니의 삶으로 들어갈 수 있었다. 할머니가 걸어온 삶의 길을 따라 여행하게 된 것이다. 영혼 부검! 나는 그 여정을 멈추지 않았다. 멈출 수 없었다. 그러는 동안 할머니의 빈자리가 사라지고, 마침내 채워지는 것을 느꼈다.

소설은 "나는 더 이상 이 세계에 존재하지 않는다. 희야 안에서 존재할 뿐이다."로 맺고 있었다.

할머니의 글은 아주 먼 곳에서 불어오는 바람과도 같았다. 해가 뜨고 지는 것과 달이 뜨고 지는 것처럼 아름다운 빛을 타고 다가와 내 의식을 일깨웠다. 할머니의 글은 썼다기보다 써졌을 거라는 생각이 들었다. 할머니의 언어가 일으키는 파장이 몸속으로 스며들었다. 그 여운으로 나는 오래도록 몸을 떨었다.

유노에게 말하자 유노는 원고를 출판사에 보내자고 했다.

"할머니가 바라지 않으면 어떡하지?"

"솔라 할머니는 네가 하는 거라면 뭐든 괜찮다고 하실 거야."

그 말에 힘을 얻었다. 우리는 몇몇 출판사를 검색하고, 그중 가장 마음에 드는 곳을 골랐다.

원고를 보낸 뒤 책을 읽기 시작했다. 이야기가 있는 책이라면 끝까지 읽으려고 했고, 읽어 냈다. 인간에 대한 회의와 선한 영향력을 동시에 느끼게 해 준 『부활』, 책을 읽는 내내 주인공에게 제발 그러지 마, 하고 말했던 『테스』, 순수하고 나약한 주인공의 삶이 못내 안타까웠던 『인간 실격』, 사랑과 구원에 대해 깊이 생각하고 삶을 통찰하게 한 『죄와 벌』……. 어떤 책들은 전에도 읽은 것이었다. 할머니가 이야기해 준 내용이 담긴 책도 있었다. 단어와 문장들이 가슴속으로 스며들었다. 한 권의 책이 얼마나 많은 단어와 문장들로 이루어져 있는지, 그것들이 얼마나 많은 이야기를 담고 있는지 알게 되었고, 놀라웠다. 내 몸과 마음은 기쁨으로 넘쳐 났다.

이야기는 죽지 않는단다. 이야기에는 영원한 생명이 깃들어 있거든.

 할머니의 말이 맞았다. 이야기가 있는 한, 할머니와 나는 영원히 이별하지 않는 것이다.

 드디어 할머니의 유품을 정리하면서 할머니와의 만남을 이어 갔다. 할머니의 옷을 입어 보기도 했다. 유행이 지났거나 내 나이에 맞지도, 내게 어울리지도 않았다. 하지만 할머니의 옷을 입는 순간, 내 안의 할머니와 하나가 된 느낌이었다. 몸에 달라붙는 티셔츠에 레깅스를 입고 거리에 나가도 보았다. 어쩌면 그것이 내가 할머니를 애도하고 추억하는 가장 좋은 방법이었는지도 모른다. 슬픔이 마음을 얼어붙게 만드는 순간에도 할머니의 체취로 버텨 낼 수 있었다. 희야, 내가 곁에 없을 때가 오더라도 나는 네 안에 있다는 걸 잊지 마.

 언젠가 나는 사랑하는 사람과 바다가 보이는 곳에서 아침을 맞을 것이다. 그 사람이 유노일 수도 있고 아닐 수도 있겠지만, 그때는 내 목에도 불타는 해가 새겨져 있겠지. 내 마음의 영원한 빛, 솔라!

에필로그

이윽고 봄이 찾아왔다. 겨우내 움츠리고 있었던 사물들이 기지개를 켰다. 화단의 꽃들이 하나둘 피어나고 나무에 새순이 돋아났다. 정오의 햇살에 활짝 웃고 있는 목련꽃을 보며, 깊게 숨을 들이마셨다가 내쉬었다.
"올해는 봄 마중을 빨리 나왔네."
네가 보고 싶어서.
"나도 너희가 보고 싶었는데."
실은 할머니가 서둘러 너를 만나러 가라고 했어.
순간, 휴대전화에 할머니의 작품을 보낸 출판사의 전화번호가 떴다.

"이솔라 선생님 소설, 저희 출판사에서 출간하기로 했습니다."

가슴 깊은 곳에서 어떤 소리가 메아리치고 이내 소용돌이를 일으켰다. 내가 뭘 해야 하는지 깨달았다.
희야, 지금이야!
내 안에서 할머니의 목소리가 들렸다.
그래, 지금이다.
머릿속을 떠도는 것들, 가슴속에 고여 있는 것들을 적어 내려갔다. 나도 알 수 없는 힘이 솟구치는 것을 느꼈다. 그러나 얼마 안 가서 그 힘이 스러졌다. 나는 등을 꼿꼿이 편 채 입술을 깨물며 버텼다. 마침내 할머니에 대한 그리움이 물밀듯 밀려왔다. 이 그리움이 나를 바꾸어 놓으리라는 것을 알 수 있었다.
절망의 한복판에서 마주한 희망의 빛!
그것은 사랑이었다.
없어지는 건 몸일 뿐, 마음이 아니잖아. 나는 언제나 네 안에 있을 거야.
할머니가 나를 지켜 주고 있었다. 할머니와의 여행은 여전히 진행 중이고 앞으로도 계속될 것이다.
나는 첫 문장을 쓰기 시작했다.

내 이름은 희아, 기쁜 아이라는 뜻이다.

작가의 말

"할머니의 글은 아주 먼 곳에서 불어오는 바람과도 같았다. 해가 뜨고 지는 것과 달이 뜨고 지는 것처럼 아름다운 빛을 타고 다가와 내 의식을 일깨웠다. 할머니의 글은 썼다기보다 써졌을 거라는 생각이 들었다. 할머니의 언어가 일으키는 파장이 몸속으로 스며들었다. 그 여운으로 나는 오래도록 몸을 떨었다."(248쪽)
 소설 속 문장처럼 이 소설은 쓴 게 아니라 써진 것만 같다.
 출발은 33년 전 제자들이었다. 입양 가족의 참모습을 알게 해 준 '다진'과 공동체 가족의 아름다움을 느끼게 해 준 '미희'를 비롯해 세상의 외진 구석을 몸소 비추는 빛의 이름들. 오래전 그들이 아이였을 때 그랬듯 그 고운 마음들이 나를 두드렸다. 거기에 소설이 인간을 인간답게 한다는 믿음과 인간은 다른 인간을 어떻게 보듬어야 하는지에 대한 성찰이 깃들고 사랑과 이별, 삶과 죽음에 대한 물음들이 어리어 문장들로 피어났다.
　그러니까 이 소설은 그 빛의 이름들에 보내는 헌사라고 할 수 있겠다.

　소설을 쓰는 동안 엄마가 몹시 편찮으셨다. 동생들은 온 마음으로 엄마를 보살펴 드렸고, 나는 그러지 못했다. 소설을 마무리할 무렵, 엄마는 돌아올 수 없는 길을 떠나셨다. 후회는 아무 의미도 소용도 갖지 못했다. 꿈길이 아니면 엄마를 만날 수 없었다. 소설을 겨우 마무리한 날, 엄마 품에 안겨 자는데 그것이 꿈이라는 걸 알 수 있었다. 꿈에서 깨지 않으려고 눈을 꾹 감은 채 엄마, 가지 마! 수없이 되뇌었다. 나도 모르게 눈이 떠졌을 때 엄마는 없고 목소리만 남았다. "우리 딸! 잘하고 있어." 그것은 영원한 내 편, 엄마의 방식이었다. 가슴 밑바닥에서 꺽꺽 울음이 터져나왔다.
　엄마를 볼 수도 만질 수도 없다는 것은 여전히 받아들이기 어려운 일이다. 회한의 시간 속에서 생명을 얻은 문장들이 세상으로 나갈 채비를 하고 있다. 유한한 삶과 무한한 이야기가 만나 지순한 사랑을 틔우기를 기대한다.

쓰지 않으면 안 되어서 짧지 않은 시간 소설을 써 왔다. 더 쓸 수 있을까, 언제까지 쓸 수 있을까. 내 안의 물음은 아직 진행형이다. 조금만 더 가 보자, 이따금 구부러진 길이나 낭떠러지를 만나더라도 조금만, 조금만 더 가 보자는 다짐도 함께.

아늑한 소설의 정원에 초대해 주신 '미래인'과 예리한 눈과 다사로운 손길로 작품의 깃을 촘촘히 여며 주신 최성휘 편집장님, 박다예 편집자님께 깊이 감사드린다. 추천사 속 조우리 작가님의 단아한 언어는 그 자체로 눈부신 날개가 되어 주었다.

바람의 길목을 서성이는 영혼을 한결같이 믿고 지지해 준 가족과 힘겹게 내딛는 걸음마다 함께 한 문우들, 어둠의 한가운데서 넋 없이 휘청일 때 기꺼이 다가와 손잡아 준 다정한 마음들에 고개 숙여 고마움을 전한다. 이 책에 서린 애틋한 기쁨과 단단한 슬픔에 마음을 내어 줄 독자들을 생각하면, 가슴이 두근거린다. 쓸 수 있게 용기를 주는 것은 언제나 그들이었다.

덕분에 엄마께 이 글을 바칠 수 있게 되었다.

2025년 1월, 달빛 처연한 밤에
김혜정

솔라의 정원

1판 1쇄 펴낸날 2025년 2월 20일

지은이 김혜정
펴낸이 김민지

편집 최성휘, 박다예
마케팅 백민열, 김하연

펴낸곳 미래M&B
등록 1993년 1월 8일(제10-772호)
주소 04030 서울시 마포구 동교로 134 미진빌딩 2층
전화 02-562-1800(대표)
팩스 02-562-1885(대표)
전자우편 mirae@miraemnb.com
홈페이지 www.miraeinbooks.com
블로그 blog.naver.com/miraeibooks
인스타그램 @mirae_inbooks

ISBN 978-89-8394-990-5 (43810)

＊잘못 만들어진 책은 구입처에서 바꾸어 드립니다.
＊미래인은 미래M&B가 만든 청소년, 성인을 위한 브랜드입니다.